Wolfgang Fischer

Vom wundersamen Wesen Mensch

So ist das Leben!

Wolfgang Fischer

Vom wundersamen Wesen Mensch

So ist das Leben!

Ein Familien-Lesebuch

Teil 2

Bibliografische Information der Deutschen Nationalbibliothek:
Die Deutsche Nationalbibliothek verzeichnet diese Publikation in der
Deutschen Nationalbibliografie; detaillierte bibliografische Daten sind im
Internet über
< http://dnb.d-nb.de > abrufbar.

Neuauflage
© 2018 Wolfgang F. Fischer
Herstellung und Verlag: Books on Demand GmbH, Norderstedt
ISBN: 978-3-7481-3461-9

Über mich

Ich bin Wolfgang Fischer, den man den schreibenden Cowboy nennt. Warum? Weil ich schon immer in Cowboyklamotten rumgelaufen bin. Und weil ich tatsächlich in Litauen (!) Kühe gehütet habe. Dann kam es, dass ich Anfang 1984 anfing, Gedichte zu schreiben. Auch habe ich meine Kindheitsgedanken aufgeschrieben und einige Kindergeschichten geschrieben, sodass ich bis 1998 genug Manuskripte zusammenhatte und ich ein Buch veröffentlichen konnte! Und weil ich nun mal wie ein Cowboy aussah, kam eine Pressereporterin auf die Idee, dass ich der schreibende Cowboy sei! Und deswegen der schreibende Cowboy. Mein Buch heißt: „Vom wundersamen Wesen Mensch" und erschien im Dezember 1998 beim Frieling Verlag Berlin unter der ISBN 3-8280-0761-9, hat 64 Seiten und ist ein Familienlesebuch. Es beinhaltet 30 Gedichte, Kindergeschichten und Gedanken der Vergangenheit. Aus meiner Kindheit, von 1945 bis 1951, soweit ich mich an meine Kindheit erinnern konnte! Geboren bin ich 1936 – im ehemaligen Königsberg, Ostpreußen, heute Kaleningrad und zu Russland gehörend. Ich bin seit 1970 verheiratet und habe drei Kinder! 36 Jahre meines Lebens habe ich im Hamburger Hafen gearbeitet und bin jetzt natürlich Pensionär. Und das ist gut so! Übrigens: Mein erstes Hobby ist Briefmarkensammeln. Aber: Ich mache mit den Marken Briefmarken-Collagen: Also das heißt, ich mache ein Bild daraus. Das Prinzip: Wenn eine Sondermarke oder eine andere hübsche Marke erscheint, das sehe ich in der Vorschau, dann suche ich aus Zeitschriften passende Bilder oder Schriftmaterial und schneide diese säuberlich aus, klebe diese auf ein buntes DIN-A4-Blatt! Natürlich muss es ein Bild ergeben. Dann mache ich eine Kopie und nun kommen die Briefmarken, an die richtige Stelle. Dann schicke ich die Collagen nach Bonn zum Stempeln. Für den Ersttagsstempel. Nun werden sie gerahmt und es ist eine Collage entstanden! Und damit mache ich Ausstellungen, die im Hamburger Umkreis bekundet wurden. Inzwischen waren es seit 1989 schon zwölf Ausstellungen.

-

Nur so ein Gedanke

Mensch, wer bist du?
Mensch, du wundersames Wesen,
du bist Mensch, doch Tier zugleich,
bist böse, grausam, zum Morden bereit!
Quälst Tier und du quälst deinesgleichen,
doch Mensch, du bist auch engelsgleich,
liebevoll und gütig,
kannst unterscheiden zwischen böse und gut!
Oh, du Mensch, du wundersames Wesen!

Hamburg, d. 24. 11. 1996
von Wolfgang Fischer

Das ist dein Leben!

Lies langsam und ruhig diese Zeilen,
lass dir Zeit, du musst dich dabei nicht beeilen.

Was ich hier heute niederschreibe, ist gewollt,
da ich wirklich nicht übertreibe!

Es wird einen großen Umsturz geben
und dann verändert sich dein Leben!

Doch wenn du nicht glaubst, dann lies nicht weiter,
Doch dann stürzt du ab von der Lebensleiter.

Bist du jetzt wohl neugierig geworden?
Und machst dir um dein Leben Sorgen?

Dann lies weiter ruhig und besonnen,
denn jetzt hat das Glück seinen Anfang genommen.

Ob ich dich oder einen anderen wohl mein,
das bleibt dir überlassen!
Denn es trügt oft der Schein.

Ich wollte dich nur neugierig machen,
jetzt kannst du schimpfen oder auch lachen!

Lasse dich nie von Unmut verleiten,
denn es gibt einen, der wird dich immer begleiten!

Aber denke nach über dein Leben
und es wird immer einen Lichtblick geben!

Oder? Stimmt doch!

Hamburg, d. 1. 4. 1999
von Wolfgang F. Fischer

Der Hamburger Hafen

So war es einmal im Hamburger Hafen!

Im Hamburger Hafen, da geht es hoch her.
Da kommen die Schiffe, von weit übers Meer!
Dann legen die Schiffe an der Kaimauer an.
Und warten auf den Schauermann.
Der Stauervietz, der „Hundert-Kilo-Mann",
der treibt nun seine Leute an.
Fritz, Franz und auch der Kai,
ab durch die Mitte. Nach Luke drei!
Die Kailöwen sind auch schon eingetroffen.
Einer davon ist noch besoffen!
In Luke drei wird Eisen geladen.
Und in Luke zwei werden Mähdrescher verladen.
Aber da hinten! In Luke vier,
da verladen wir Bier.
Dieses ruft der Tallymann!
Und meint damit den Lademeister, den dicken Mann!
„Wir nehmen Kran eins, Kran zwei und Kran vier."
Ihr müsst es glauben, das ist kein Witz.
Das ruft der Lademeister zum Stauervietz!
Die Kailöwen sind jetzt auch soweit
und stehen mit ihren Staplern bereit.
Den ersten Gang von Kran eins, die hat es getroffen.
Die haben jetzt den Mann, der immer noch ist besoffen.
Der Gangführer legt sich mit dem Macker an!
Da ruft der Lademeister: „Mann ist Mann."
So war es einmal, im Hamburger Hafen.
Da hat man so manche Schicht auch geschlafen.
Natürlich bei Regen, das ist doch klar.
Weil es doch damals wirklich so war!
Es ist lange her, das sollt ihr wissen.
Aber ich glaube, die Zeit möchte keiner vermissen!
Hoch motiviert sind die Leute von heute.
Und sie machen auch keine Beute.
Der Zoll passt auf, das ist doch klar.
Es ist eben nicht alles, wie es damals war!

Die Kailöwen und der Schauermann,
die packen auch heute richtig an.
Bei Wind und Wetter, das ist doch klar.
So wie es auch damals im Hafen so war!

Ein Gedicht über den Hafen
und die Menschen im Hafen!
von Wolfgang F. Fischer, d. 14. 8. 1998

Dieses Gedicht
durfte ich am 14. 11. 99 nachmittags im Thalia Theater selber lesen.
Ich hatte in einem Wettbewerb, es ging um Seemannsgarn,
von 109 Einsendern den 9. Platz gemacht!

Unser Hamburg

ein Gedicht von Wolfgang F. Fischer
Neugraben, d. 23. 3. 2002

Kommst du als Fremder nach Hamburg, in die große Stadt.
Dann gibt es da etwas, was keine andere hat.

Das ist die Reeperbahn!
Das müsst ihr wissen, denn wer da einmal war,
der wird sie vermissen!

Die Landungsbrücken, die solltet ihr sehen
und dort einmal spazieren gehen.

Nun musst du in Richtung Osten gehen,
da wirst die Speicherstadt du sehen.

Nun spielt die Nase dir einen Streich,
denn du stehst vor einem Gewürzmuseum gleich.

Da kommen die Gerüche her.
Und die kommen aus der ganzen Welt, weit übers Meer!

Da kannst du nun deine Nase testen!
Und du darfst dich wundern.
Welches Gewürz riecht denn am besten?

Da du nun so begeistert bist,
da sagt dir jemand, dass da noch ein Zollmuseum ist.

Da musst du nun auch noch rein.
Und du wirst begeistert sein.

Nach diesem geistigen Genuss
ist es lange noch nicht Schluss.

Eine Hafenrundfahrt mit der Barkasse kannst du jetzt noch machen.
Da kannst du viele Schiffe sehen und du wirst auch viel lachen!

Ist die Rundfahrt dann zu Ende
und ihr schüttelt euch alle nun die Hände.
Und du denkst: „Ob das nun alles war?"
Aber nein! Jetzt machst du einen Reeperbahnbummel!
Das ist doch klar.
Jetzt wirst du die Große Freiheit sehen!
Und nun wirst du dich selbst verstehen.

Die Jungs und die Mädels vom Kiez, die waren so richtig toll.
Und du warst betrunken und so richtig voll!

Die Taschen sind nun leer und du hast kein Geld.

Aber du warst auf der Reeperbahn! Der großen, weiten Welt!

Der Einbrecher

Der Verbrecher in Deutschland, der hat es gut,
der braucht zum Einbrechen und Rauben keinen Mut!

Nein, der geht ganz einfach in einen Laden rein
und schlägt dem Verkäufer den Schädel ein.

Er geht dann mit seiner Beute gemütlich spazieren,
denn es kann ihm in Deutschland nicht viel passieren!

Wird er einmal von einem Polizisten eingefangen,
dann braucht er um seine Freiheit noch lange nicht zu bangen.

Nun darf er zu einem Anwalt gehen,
der wird den armen Mann dann schon verstehen.

Nun kommt der arme Kerl noch vor Gericht,
da macht er auf harmlos, wie ein kleiner Wicht.

Oh, wie schrecklich, was für ein Graus,
der Richter schickt den Mann nach Haus!

Der Polizist, der kann nichts machen,
der Verbrecher freut sich, denn der kann lachen.

Was ist der Richter nur für ein Mann,
der Gut und Böse nicht unterscheiden kann.

Der Dumme ist hier nur die Polizei,
die können nichts machen, der ist frei!
Nur einer kann hier noch strahlen,
das ist der Rechtsanwalt, denn der Staat muss zahlen!

Hamburg, d. 19. 9. 1998,
Eine Satire von W. F. Fischer

Im deutschen Knast

Da ist es warm und trocken!

Wie schön ist es in Deutschland, ein Knastologe zu sein.
Er hat es besser als ein Obdachloser, er hat was zu essen,
ein warmes Bett und er ist nicht allein!

Dagegen hat es ein Obdachloser schwer.
Er muss um sein Essen betteln und er macht sich Gedanken.
Wo bekommt er einen Schlafplatz her?

Als Knastologe brauchst du auf gar nichts zu verzichten.
Sogar die Zeitungen werden über dich,
den Knastologen, berichten!

Sie schreiben über seine stolzen Taten, die er hat vollbracht.
Als normaler Bürger hätte er über so etwas gelacht.

Der Obdachlose wird auch einmal in der Zeitung stehen.
Dann, wenn er erfroren ist!
Dann wird man ihn in der Zeitung sehen.

Der Knastologe, der fühlt sich wie eine Maus.
Er kommt in den Knast rein, aber er kommt auch wieder raus!

Die Moral von der Geschichte:
Die Knastologen in Deutschland, die lachen sich schief.
Und die Obdachlosen?
Die liegen, ein Meter achtzig tief!

Hamburg, d. 17. 11. 1998

Eine Knast-Satire
von Wolfgang F. Fischer

Des armen Menschen Recht

Ein sozialkritisches Gedicht.

Was ist des armen Menschen Recht?
Das ist Armut, denn die ist echt.
Armut schändet nicht, könnte man hier sagen,
denn wer kann schon Armut für immer ertragen?

Was hat der Arme denn für Rechte,
er hat von allem nur das Schlechte!
Er hat das schlechte Essen und das schlechtere Brot,
sogar den schlechtesten Sarg sogar im Tod.

Da sagen Menschen, die können doch Sozialhilfe kassieren.
Würden sie aber das nicht machen, würden sie nicht nur Hungern,
sondern sogar noch krepieren.

Sie werden beschimpft als faule Schweine,
doch mit ihrer Not lässt man sie alleine.

Das Gegenteil der Armen, das ist das Recht der Reichen,
wenn die mit ihrem Mercedes kommen, dann müssen alle
anderen weichen!

Doch man sagt, vor dem Gesetz sind alle Menschen gleich,
doch das gilt nur für Fische im Karpfenteich.
Die Pfaffen sagen, Gott hat alle Menschen gern,
doch von den Armen hält er sich fern.

Doch wehe, du lässt ihn Hunger Leiden,
dann wird er die Reichen schnell vertreiben.

Denn eine hungernde Armee ist eine große Macht,
lasst sie nur nicht hungern, gebt nur gut Acht!

HH. 4. 10. 1998, von W. F. Fischer

Was ist Recht?

Eine Posse

Der Rechthaber hat immer Recht,
auch wenn er lügt, wirkt es noch echt.

Sogar noch der Gerichtsgelehrte sagt vor Gericht,
das ist der Verkehrte!

Die Zeugen sagen: Er ist es gewesen,
es ist aber nicht in den Akten zu lesen.

Der Richter und der Anwalt, die werden sich streiten,
sie werden jetzt einen Prozess vorbereiten!

Der Rechthaber wird weiter lügen
und somit das Gericht betrügen.

Das Gericht muss seine Schuld beweisen,
dann legen sie den Mann in Eisen!

Der Prozess, der hat begonnen,
oh, was für ein Schock, der Rechthaber, der hat gewonnen.

So ist es nun mal mit dem Recht,
denn wer gut lügt, der hat auch Recht!

Der Rechthaber hat Recht gehabt,
die Richter sagen, der Mann ist begabt!

So ist das Recht in Deutschland!

von W. F. Fischer, Hamburg, am 2. 8. 1998

Sozialgerecht?

Sozialgerecht gestallten!
Man gibt den Jungen und beklaut die Alten.

Du ziehst deine Kinder auf eigene Kosten groß.
Und glaubst, wenn sie älter sind, dann bist du sie los!

Doch nicht immer wird es so laufen.
Die einen nehmen Drogen. Die anderen saufen!

Dann liegen sie ihrem Vater Staat zu Füßen.
Und das musst du als Alter büßen!

Sie werden dich als Rentner zum Sozialfall machen.
Und dann kannst du darüber nicht mehr lachen.

Sie ziehen dir die Hose aus
und schütteln den letzten Pfennig raus!

Du hast dein Leben lang geschuftet.
Dann kommt dein Staat und sagt: Gebt oder verduftet!

Das nennt man dann sozialgerecht gestalten.
Wir geben den Jungen und beklauen die Alten!

Der Staat braucht Kinder!
Und das nicht minder.

Ihr Eltern solltet eure Kinder ins Rathaus legen.
Und der Staat oll sie dann ein Leben lang pflegen!

Das wäre echt
sozialgerecht!

Eine Satire, kritisch betrachtet
von Wolfgang F. Fischer
Hamburg, d. 28. 3. 2000

Unfassbar

So ist unser Leben

Das Unfassbare geschieht jeden Tag.
Unfassbar ist es, dass ich dich mag.

Unfassbar ist es, dass ich des Morgens lache!
Wo ich mir am Abend
schon wieder Sorgen mache.

Unfassbar ist es, dass ich lebe!
Auch wenn ich dem Bettler kein Almosen gebe.

Unfassbar ist es, dass ich glücklich bin.
Doch manchmal sehe ich im Leben keinen Sinn!

Unfassbar ist es auch,
dass ich diese Zeilen schreibe.
Und mir so meine Zeit vertreibe.

Es ist unfassbar, was so jeden Tag geschieht.
Wenn man
die Augen nur groß aufmacht,
was man da alles so sieht!

Unfassbar ist es, wenn zwei Menschen
sich lieben.
Doch vielleicht hat da einer übertrieben?

Es ist alles unfassbar auf dieser Welt.
Aber das ist es gerade,
was uns Menschen so gefällt!

Hamburg, d. 17. 11. 1998
Ein Gedicht
von Wolfgang F. Fischer

Du bist geblieben

Morgen wird die Sonne scheinen!
Denn dann kommst du zu mir.
Dann brauche ich nicht mehr um dich zu weinen,
denn du hast versprochen, du bleibst bei mir.
Dieses hast du mir schon so oft versprochen,
aber dieses Mal glaube ich dir,
denn ich sah Tränen in deinen Augen
und darum glaube ich dir.

Heute fängt die Sonne wirklich an zu scheinen,
denn du bist geblieben, und dafür danke ich dir.
Du hast mich schon so oft belogen,
aber heute glaube ich dir.

Hamburg, d. 29. 11. 1996
von Wolfgang Fischer

Gibt es ein Leben nach dem Leben?

29. 11. 1996

Man möchte es wissen.

Diese Frage ist schon uralt!
Doch wir möchten es wissen, das lässt uns nicht kalt!

Gibt es einen Himmel,
wo wir uns alle wieder sehen?
Wo wir Menschen uns dann alle besser verstehen?

Wer kann uns das verraten?
Oder werden wir alle in der Hölle gebraten?

Es soll ja sogar eine Seele geben,
die da weiterlebt nach dem irdischen Leben!

Ob das alles stimmt?
Wenn uns das einer sagen könnte.
Das wäre nicht verkehrt!
Doch es ist noch keiner von den Toten zurückgekehrt.

Die Theologen sagen, dass es so ist.
Aber vielleicht erzählen die uns allen nur Mist!

Wir wollen doch glauben, dass es so sei.
Das macht uns wenigstens beim Zweifeln frei.

Aber gibt es wirklich ein Leben nach dem Leben?
Lasst es uns nur glauben, dann werden wir es erleben!

Man sagt ja immer, der Glaube soll Berge versetzen.
Wir wollen es glauben und uns nicht unsere Seele verletzen!

Hamburg, d. 22. 1. 1999
Ein Gedicht
von Wolfgang F. Fischer

Prinzessin der Menschlichkeit

Göttliche Diana, du Heldin der Menschlichkeit!
Aus dem Volke bist du gekommen,
hast jeden in den Arm genommen.
Ob Kind, ob Greis, auch Kranken hast du Mut gemacht;
du dachtest nie an dein eigenes Leben.
Du hattest für alle Menschen ein Ohr
Und nahmst vieles mit Humor.
Du hast Liebe gegeben, aber sie nie bekommen.
Einmal sollte es doch geschehen,
doch da musstest du gehen.
Dein junges Leben hat man dir genommen;
nur Liebe hast du nie bekommen.
Jetzt bist du tot und wirst geliebt,
was es doch für Wunder auf Erden gibt.
Du warst die Prinzessin der Menschlichkeit.
Jetzt bist du von allem, auch von der Liebe befreit!
Und wenn alle Menschen darauf pochen,
wirst du auch noch heilig gesprochen.
Du Prinzessin der Menschlichkeit, du heilige Diana!

Hamburg, d. 8. 9. 1997
von Wolfgang Fischer

Stark ist der Mensch!

8. 9. 1997

Stark ist der Mensch, der den anderen achtet
und der nicht nach seinem Leben trachtet.

Stark ist der Mensch mit einem guten Herzen,
Der einem anderen hilft, wenn der hat Schmerzen.

Stark ist der Mensch, wenn er bleibt bescheiden
und mit den Menschen teilt, die da des Hungers leiden!

Stark ist der Mensch in seinem Glauben,
auch wenn andere Menschen ihn in der Nacht berauben.

Der starke Mensch legt sein Schicksal in Gottes Hand
und er kämpft für König und Vaterland!

Ein starker Mensch, der versucht den Schwachen zu schützen.
Er stellt sich mit seinem Körper vor den Todesschützen.

Auf die Stärke im Inneren, da kommt es an.
Aber nicht auf den protzenden Muskelmann!

Einen starken Menschen wird man nie vergessen!
Ihn wird man immer an seinen guten Taten messen.

Menschen, die nur mit ihrer Stärke protzen,
finden die guten Menschen zum Kotzen!

Oder Menschen, die ihren Partner schlagen.
Wer kann solche Stärke schon ertragen?

Hamburg, d. 2. 2. 1999
Ein Gedicht
von Wolfgang F. Fischer

Die Blondine

Du süße Blondine, man sagt, du seist dumm,
doch auf diese Frage bleibst du ganz stumm.
Doch warum?
Du hast blaue Augen,
doch man sagt, du sollst nichts taugen.
Doch warum?
Du siehst aus wie Madonna, hast eine gute Figur,
und doch – warum bist du so stur?
Man sagt, du kannst nicht lieben,
und seist so durchtrieben.
Doch warum?
Denn diese Fragen,
das ist zu beklagen,
stellt nur ein Mann,
weil er, der Dumme,
zahlt jede Summe
für dich, weil er nicht anders kann.
Er stellt die Fragen,
die du musst ertragen.
Und warum?
Denn er ist der Gockel,
der steht auf dem Sockel,
denn er ist in die Blondine verliebt!
Was es doch für dumme Männer gibt!
Und doch – warum, du süße Blondine,
bist gar nicht so dumm.
Du bist eine Frau,
das macht dich so schlau!!!

Hamburg, d. 12. 9. 1997
von Wolfgang Fischer

Das Feuer

oder: Des Feuers Macht

Das Feuer brennt, so heiß und hell.
Frisst alles auf so furchtbar schnell!

Feuersbrunst!
Verkohlter Leichen Dunst.

Bäume brennen, Tiere rennen.

Das Feuer frisst sich weiter fort.
Es ist mal hier, es ist mal dort!

Menschen kämpfen, mit letzter Kraft,
um zu retten, was das Feuer noch nicht hat geschafft!

Feuer frisst Holz, Feuer frisst Schneisen.
Es will so seine ganze Macht beweisen.

Mit des Wassers Macht muss es manchmal weichen.
Mehr können wir Menschen nicht erreichen!

Das Feuer ist stärker, wenn es nur will.
Dann halten wir Menschen, einfach nur still.

Das Feuer kann wärmen und friedlich sein.
Doch wehe du lässt dich auf einen Kampf mit ihm ein!

Denn wenn der Rote Hahn schon kräht.
Ist es zum Löschen oft zu spät!!

Hamburg, d. 25. 5. 1998
Ein Gedicht
von Wolfgang F. Fischer

Die grausame Nacht

Du gehst abends schlafen, bist müde.
Freust dich aufs Bett.
Doch was du in der Nacht erlebst,
Ist gar nicht mehr nett!

Es plagt dich ein Traum, so fürchterlich!
Es hängt ein Mann an einem Ast.
In einem Baum.
Er wackelt hin und her, so fürchterlich
Ist dieser Traum!
Dann wirst du wach, kannst nicht mehr
Schlafen!
Fängst an zu zählen, bist schon bei hundert
Schafen.
Du schläfst wieder ein, der Traum geht
Weiter.
Jetzt steigt jemand in den Baum
Mit einer Leiter.
Nun wird dieser Mann auch abgeschnitten.
Doch in diesem Traum
Hast du am meisten gelitten!

Die grausame Nacht geht nun zu Ende.
Du stehst auf und legst dein Gesicht
In deine Hände.
Du bist kaputt, hast schlecht geschlafen!
Du grübelst darüber, wer wollte dich
Da bloß bestrafen?

Ein Alptraum, der war schuld daran,
Dass er des Nachts nicht schlafen kann!

Hamburg, d. 27. 4. 2000
Ein Nacht-Gedicht
von Wolfgang F. Fischer

Der Alptraum

– Ein Gleichnis –

Wir tauchen hinab in das
Dunkel der Ewigkeit und sind
mit unseren Gedanken
Gefangene des Bösen. Um
wieder das Licht der
Gegenwart zu erblicken,
müssen wir unsere Gedanken
vom Bösen befreien, um in
das Königreich Gottes zu
gelangen. Nur so können wir
uns als Mensch von der Macht
des Bösen befreien!

Hamburg, den 8. 1. 1998
von Wolfgang Fischer

Es war nur ein Traum!

Wenn ich einmal nicht mehr bin,
was kommt ihr da wohl in den Sinn?
Wird sie mich vermissen?
Das möchte ich gerne wissen!

Oder ist sie so vermessen
und wird mich schnell vergessen?

Weil ich träume und in meinem Traum so denke,
ob ich sie damit wohl kränke?

Auf einmal, da bin ich aufgewacht,
es war so kurz vor Mitternacht.
Da merkte ich, es war ja nur ein Traum.
Sie lag noch neben mir, man hörte sie kaum.

Beim Zählen von zwanzig Schafen,
da bin ich wieder eingeschlafen.
Denn ich wollte wissen, wie es weitergeht.
Ob ein anderer Mann schon vor der Türe steht!

Denn ich wollte den Kerl doch sehen.
Doch es ist nichts mehr geschehen!

Nun war die Nacht zu Ende
und sie nahm meine Hand in ihre Hände.
Sie fragte mein Schatz, hast du denn gut geschlafen?
Da dachte ich, jetzt will sie mich auch noch bestrafen!

Da merkte ich, es war nur ein Traum.
Es ist nichts passiert, aber man glaubt es kaum!

Hamburg, d. 14.1.2001
Ein Gedicht
von Wolfgang F. Fischer

Der Trinker

Er trank so gerne Alkohol!
Wenn er keinen hatte, dann war ihm nicht wohl.
Er trank gerne Bier!
Manchmal zwei und manchmal vier.

Öfter sind es auch zwölf gewesen,
doch dann veränderte sich sein Wesen.
Erst war er lustig, doch dann wurde er gemein.
Nur bei seinen Freunden war er der Größte,
auch wenn er beim fünfzehnten Bier schon döste.

Er war so stark, er war so stolz,
doch in seinem Kopf, da war nur Holz.
Und wenn er dann nach Hause kam
und sagte: „Komm in meinen Arm",
und sie das dann nicht wollte,
weil sie sein Bier nicht richten konnte,
da gab es auch gleich Revolte.

Er hatte doch nur zwei Bier getrunken,
und in seinen Augen fing es an zu funkeln.
Warum war sie nur so gemein?
Er konnte das nicht verstehen,
am liebsten würde er gleich wieder gehen.

Er hatte sich doch nur mit seinen Freunden getroffen;
er war doch nicht besoffen!
Dann ist er doch noch eingeschlafen
mit dem Gedanken: Morgen werd' ich sie bestrafen.

Dann wird er wieder trinken gehen;
seine Freunde können das verstehen!
Er hatte doch nur zwei Bier getrunken.
Er war doch so stolz,
und in seinem Kopf war doch nur Holz!

Hamburg, d. 19.8.1997 von Wolfgang Fischer

Am frühen Morgen.

Schon Streit!

Oh, du wunderschöner Morgen!
Er wäre schön. Hätte man bloß keine Sorgen.

Dein Bier geht zu Ende.
Und du machst dir Gedanken.
Doch deine Frau fängt an, sich mit dir zu zanken!

Sie zankt sich mit dir.
Denn du trinkst früh morgens schon wieder Bier.

Du trinkst Bier und tust sie linken.
Sie hat kein Geld, das tut ihr stinken.

Die Kinder haben nichts zu essen.
Doch dein Bier zu kaufen, das hast du nicht vergessen!

Du gehst nicht zur Arbeit und lässt dich gehen.
Das kann deine Frau schon gar nicht verstehen.

Die Kinder haben Hunger! Und die Mutter macht sich Sorgen.
Wo soll sie sich jetzt wohl Geld noch borgen?

Geh du doch arbeiten, ruft der Mann!
Da fängt der Streit von vorne an.

Oh, du wunderschöner Morgen.
Er wäre schön! Hätte man bloß keine Sorgen ...

Hamburg, d. 7.7.1998
Eine Satire
von Wolfgang F. Fischer

Du schöne Erde

Du wunderschöne Erde mit deiner grünen Pracht.
Doch es ist schlimm zu sehen, was der Mensch aus dir so macht!

Der Mensch reißt der Erde die Bäume aus!
Und macht daraus nur Holz.
Und auf diese Freveltat,
da ist er auch noch stolz.

Auch die Wüsten sind nicht von allein entstanden.
So auch Wissenschaftler es befanden.

Noch gibt es Bäume, Tiere und Pflanzen!
Noch können wir Menschen vor Freude noch tanzen.

Doch wenn wir Menschen so weitermachen,
dann können unsere Kinder überhaupt nicht mehr lachen!
Noch ist die Erde grün, es ist zwar schon zehn.
Aber passt bloß auf: Der große Zeiger bleibt nicht stehen!

Drum schützt alle Pflanzen und Tiere auf dieser Erde.
Denn sonst stirbt auch das edelste Tier: unsere Pferde!

Hamburg, d. 2.11.1999
Ein Gedicht
von Wolfgang F. Fischer

Ich lebe noch!

Frage nicht, wie es mir geht!

Ich habe einfach überlebt.

Ich hatte mich schon aufgegeben.
Doch dann spürte ich in mir noch Leben!

Ich habe gekämpft mit letzter Kraft!
Und weiß heute, ich habe es geschafft.

Ich bin noch einmal davon gekommen,
ich war noch nicht dran.
Man hat mich da oben noch nicht aufgenommen!

Der Herrgott gab mir die letzte Kraft!
Sonst hätte ich das alles nicht geschafft!

Das Tier in mir, das habe ich bezwungen,
ich habe lange genug mit ihm gerungen!!

Ein nachdenkliches Gedicht
für alle Menschen, die ihre
schwere Krankheit bezwungen haben!

Hamburg, d. 1.3.1999
von Wolfgang F. Fischer

Das Altern

Ich werde alt, was macht das schon!
Auch wenn von der Zunge kommt schwer der Ton,
dieses ist nun mal des Alters Lohn.
Meine Seele ist jung und möchte fröhlich sein,
aber der Körper, der sagt nein.
Warum kann dieses denn nicht anders sein?
Dass der Körper jung und die Seele nur rein,
aber die Seele ist jung und kann so nicht sein.
Möchte sich mit der Jugend verbinden,
um immer wieder die Liebe zu finden.
Aber der Körper ist alt, was macht das schon,
dieses ist nun mal des Alters Lohn.
Aber die Seele ist jung, wie dem Körper zum Hohn,
dieses ist nun mal des Alters Lohn.
Darum schau nicht in den Spiegel rein
und lass das Alter Alter sein!
Denn deine Seele ist jung und freut sich so sehr,
darum denke niemals an das Altern mehr!

Hamburg, d. 20..2.1997
von Wolfgang Fischer

Skandal in Pflegeheimen:
Viele Alte werden zu Tode gepflegt

Von WOLFGANG KEMPF

Die betagte Frau (85) wog bei ihrem Tod nur noch 36 Kilo – in einem Pflegeheim falsch und mangelhaft ernährt.

Immer wieder gibt es vage Hinweise und Gerüchte, dass alte Menschen in Pflegeheimen skandalös vernachlässigt werden. Jetzt fanden Rechtsmediziner der Medizinischen Hochschule Hannover Beweise dafür.

Bei der Untersuchung von 1172 Menschen, die in Pflegeheimen (staatlich, privat) starben oder in ambulanter Betreuung waren, hatte jeder Zehnte schlimme Pflegeschäden.

Die Rechtsmediziner: „Entzündungen, Geschwüre, Infektionen – meist verursacht durch falsche Lagerung und ungenügende Hygiene. In einigen Fällen lagen sogar die Knochen frei.“

Bei 17 Verstorbenen waren die Vernachlässigungen so dramatisch, dass die Staatsanwaltschaft Ermittlungen wegen Körperverletzung aufgenommen hat.

Etwa 250 000 Menschen sind bei uns dauernd bettlägerig.

Rechtsmediziner Joachim Eidam: „Man muss davon ausgehen, dass es bei zwei Prozent schwerste Betreuungsschäden gibt.“

Eine wirksame Kontrolle des Pflegewesens gibt es nicht.

Artikel vom 4.11.1999

In den Jahren zweitausend

In den Jahren zweitausend, das ist doch klar,
wird alles anders, als es war.
Powerleute
machen auch in den Jahren zweitausend fette Beute!

In den Jahren zweitausend kommen die Frauen an
die Macht.
Ein Narr wird sein, der darüber lacht.

Am Anfang vom Jahr zweitausend werden viele
Männer in der Küche stehen.
Und die Frauen werden zur Arbeit gehen!

In den Jahren zweitausend werden Männer Kinder
kriegen.
Und Frauen werden Raketen fliegen!

In den zweitausender Jahren werden Männer für ihre
Arbeit belohnt.
Dann schicken die Frauen ihre Männer zum Urlaubmachen
auf den Mond!

In den zweitausender Jahren wird ein Roboter der
Hausfreund sein.
Und wenn du, Mann, nicht spurst, dann tritt er dir in
den Hintern rein!

In den Jahren zweitausend wird so vieles geschehen!
Aber ob du, Mann, dann noch ein richtiger
Mann bist?
Das werden wir sehen!

Hamburg, d. 17.9.1999
Eine Satire
von Wolfgang F. Fischer

34

Menschenwürde?

Im staatlichen Altersheim.

Oh wie schlimm muss es doch sein,
musst du als alter MenschIn ein staatliches Altersheim!

Sechs Menschen in einem Zimmer!
Manchmal acht oder noch schlimmer.

Das selber Denken musst du ganz schnell lassen.
Wenn die Schwestern das merken, dann werden sie dich hassen!

Jetzt heißt es, lebe mit der Meute.
Sonst bist du ganz schnell die Beute.

Um die restliche Zeit zu überstehen,
muss ganz schnell etwas geschehen.

Jetzt musst du einen Trick anwenden
und dein Erwachsensein beenden!

Deine Verwandtschaft! Sei bloß nicht so vermessen.
Die hat dich lange schon vergessen!

Jetzt kehr zur Kindheit du zurück.
Und du wirst sehen, das ist dein Glück.

Jetzt kannst du fluchen. Und in die Hose machen.
Man wird mit dir jetzt schimpfen, aber du kannst lachen!

Als du bist in dieses Heim gekommen,
da hat man deine Würde dir genommen!

Deine Würde wirst du erst wiederkriegen,
wenn du wirst auf der Bahre liegen!

Nach einem Jahr, da war es nun so weit.
Nun wurdest du von diesem Heim befreit!

Nun sollst du in das himmlische Heim noch kommen!

Hoffentlich wirst du dort auch aufgenommen?

Hamburg, d. 16.3.1999
Eine nachdenkliche Satire von Wolfgang F. Fischer

In einem deutschen Krankenhaus

Nach vielen Erlebnissen und Recherchen.

Da hältst du es als Kranker wirklich nicht aus

Kommst du als alter Mensch ins Krankenhaus,
dann kommst du meistens nicht mehr raus!

Doch wenn du jung bist,
dann kann dir nichts passieren.
Da werden die Ärzte dich sogar operieren!

Sie nehmen dir deinen Blinddarm raus
und schicken dich ganz schnell nach Haus.

Du brauchst nur zehn Tage zu bleiben.
Darauf kannst du wetten!
Denn sie brauchen ganz schnell.
Wieder leere Betten.

Doch bist du alt, dann wirst du sehen.
Dann lässt man dich auf dem Flur sogar stehen.

Was dann mit diesem Menschen passiert,
das ist schon beinahe programmiert!

Kommt dann Besuch und man schaut unter seine Decke,
da ist dieser Mensch voller blauer Flecke!

Stellt man nun Fragen,
dann wird man sagen:

Dieser Mensch ist aus dem Bett gefallen!
Das ist sehr komisch, das passiert fast bei allen!

Dann kommt eine Lungenentzündung noch dazu.
Auf einmal bekommt man einen Anruf.
Dann sagt man dir, der Mensch hat jetzt seine Ruh!

Gehe nicht als alter Mensch ins Krankenhaus.
Denn meistens kommst du nicht mehr raus!

In Deutschland wirst du als alter Mensch
behandelt wie ein Stück Vieh!
Doch in südlichen Ländern, da liebt man sie!

Hamburg, d. 11.12.1998,
eine fast wahre Satire
von Wolfgang F. Fischer

Die Reisenden

– Eine Politsatire –

An der Grenze zu Deutschland, in zwei großen Bussen, da saßen zwei Kurden und auch zwei Russen. Die beiden Kurden, die wollten nicht viel, die wollten nur machen in Deutschland Asyl. Nur die beiden Russen, die wollten nach Kiel. Die wollten sich treffen mit zwei Ägyptern vom Nil. Um Urangeschäfte sollte es sich handeln, darüber wollten sie verhandeln. Der Russe hieß Boris Klowkosy und war der Boss von den russischen Mafiosi. Der andere hieß Ivan Klaschikow und hatte im Koffer den strahlenden Stoff. Der eine Ägypter hieß Ali Kalow und trug unter dem Mantel eine Kalaschnikow. Der andere Ägypter hieß Malu Arain und war Mitglied in einem Moslemverein. Der Polizei waren die vier wohl bekannt, aber man hatte nichts gegen sie in der Hand. So ist das nun mal in Deutschland. Um auch die Kurden nicht zu vergessen, die wollten zu ihrem Bruder nach Hessen. Dort mussten sie erst einmal zum Registrieren, sie hatten ja nicht viel zu verlieren. Sie kamen nach Deutschland zum Demonstrieren. Das mit dem Asyl, das war nur nebenbei. Hier konnte man machen, was man will, und war trotzdem frei. Sozialhilfe gab es noch nebenbei. Hier waren sie nun alle glücklich und froh, denn in Deutschland ist es nun mal so.

Hamburg, d. 17.10.1997
von Wolfgang Fischer

Die Kur

– Eine Satire –

Warst du noch niemals zu einer Kur,
dann lies mal dieses, du wunderst dich nur!

Einmal war ich zur Kur,
was ich da alles erfuhr!
In Bad Bevensen ist es gewesen,
da sollte ich genesen.
Doch das war wohl nichts gewesen.
Es war Stress, und das noch pur,
aber wie kam das nur?
Als ich da war angekommen,
wurde ich erst aufgenommen.
Zu einem Doktor musste ich gehen,
der wollte mich von oben bis unten besehen,
was ja dann auch ist geschehen.
Therapien sollte ich da machen
und noch viele andere Sachen.
Einen Schatten sollte ich mir suchen
und mich erfreuen bei Kaffee und Kuchen!
Den Schatten hatte ich auch bald gefunden,
das war eine mit vielen Pfunden!
Tanzen sollte ich mit ihr gehen,
das soll einer nun noch verstehen.
Zur Therapie sollte das alles gehören,
mich fing es aber an zu stören.
Tanzen wollte ich nicht mit ihr,
ich wollte lieber trinken mein Bier.
Ich hab' dann alles mitgemacht,
aber für die Kur hatte das alles nichts gebracht.
Das war Stress, und das noch pur,
ich fahr' nie wieder mehr zu einer Kur!
Das sollen lieber Menschen machen,
bei denen es in der Ehe tut krachen!
Wenn du krankt bist, dann fahr nicht zur Kur,
da hast du nur Stress, und das auch noch pur!

7.1.1998
von Wolfgang Fischer

Die Droge

Er nahm Drogen und hat sich täglich selbst belogen
Und ist deswegen aus seiner Firma geflogen!
Er war so dumm, er wollte nur einmal probieren,
er musste dabei nur verlieren!
Mit Haschisch in der Schule hatte alles angefangen,
doch dann wurde stärker sein Verlangen,
er war von der Droge schon gefangen.
Sein Körper war schon ganz zerstört,
aber er hat auf niemanden gehört.
Er war dabei, sich zu zerstören,
warum sollte er auf andere hören!
Er hatte der Droge nur vertraut,
denn das waren seine Kumpels und seine Braut.
Nicht einmal seinen Eltern hat er mehr getraut,
denn die waren böse, die hat er nur beklaut!
Die kannte er nur, wenn er Hunger hatte,
dann stand er bei ihnen auf der Matte.
„Habt ihr Tabak, habt ihr was zu essen?"
Dann hat er sie sofort vergessen!
Sein Dealer, das war sein bester Freund,
wenn seine Sucht groß war, hat er von ihm geträumt.
Er war kaputt, er war zerstört,
doch das hat seinen Dealer nicht gestört.
Die Sozialhilfe, die hat seinem Dealer gehört.
Der Dealer, der ist reich geworden
und macht sich um euch keine Sorgen.

Hamburg, d. 3.12.1997
von Wolfgang Fischer

Die Arbeit

Wer hat die Arbeit nur erfunden?
Der war doch wohl mit dem Teufel verbunden!

Es soll ja Menschen geben, die ihre Arbeit lieben,
es gibt aber viele, die sagen, das ist übertrieben.

Es gibt sogar Menschen, die mit ihrer Arbeit verheiratet sind!
Die lieben die Arbeit mehr als ihre Frau und ihr Kind.

Die meisten Menschen sagen, meine Arbeit schmeckt mir nicht,
sie meinen die Arbeit ist nur eine lästige Pflicht.

Der Ehrliche sagt, ich gehe arbeiten wegen dem Geld,
aber doch schon gar nicht, weil mir die Arbeit gefällt!

Aber ganz ehrlich: Wer Arbeit hat, der kann gut lachen,
aber was soll der, der keine Arbeit hat, nur machen?

Der sagt: Ich würde lieber Klinken putzen
und nicht meine Mitmenschen ausnutzen!

Nur die Schmarotzer sagen, ich kann das alles nicht verstehen,
ich bin doch nicht zu faul, zum Sozialamt zu gehen!

Die haben wirklich nicht die Arbeit erfunden,
die sind aber mit dem Sozialamt für immer verbunden!

Sechs Tage soll man arbeiten gehen,
das soll sogar in der Bibel stehen.

Den siebenten Tag, den sollst du ruhen,
mehr brauchst du wirklich nicht zu tun.

Gott hat die Arbeit wohl erfunden,
aber der war doch nicht mit dem Teufel verbunden!?
Oder?

Hamburg, 22. 6. 1999,
Eine kritische Satire von Wolfgang F. Fischer

Arbeitslos

– Ein sozialkritisches Gedicht –

Mit fünfzig wurde ich arbeitslos
und verdiente deshalb kein Moos.
Ich bin zum Arbeitsamt gegangen,
da hat man mich auch nett empfangen.
Mir wurde gekündigt, habe ich da gesagt,
dann hat man mich nach dem Warum gefragt.
Ich war auf einem Bau Polier,
meine Firma ging Pleite, ich kann nichts dafür.
Ich möchte Arbeit, was kann man da machen,
da fing der Beamte laut an zu lachen.
Sie sind doch nicht der Einzige hier,
erst müssen Sie ausfüllen dieses Papier.
Das habe ich dann auch gemacht,
und der Beamte hat immer noch gelacht.
Da müssen Sie noch unterschreiben,
Sie brauchen dann nicht länger zu bleiben.
Nun können Sie nach Hause gehen
und abwarten, bis Akten sind eingesehen.
Ich brauche Geld, was soll ich jetzt machen?
Da fing der Beamte erneut an zu lachen.
Sie müssen zum Sozialamt gehen,
da wird man Sie dann schon verstehen.
Ich war noch niemals arbeitslos
und verdiente immer reichlich Moos.
Ich war sogar mal so gemein
und schätzte Arbeitslose als Faule ein.
Nun war ich selber arbeitslos,
stand da und hatte kein Moos.
Nun hat man wohl über mich gelacht,
und ich habe dabei an den Beamten gedacht.
Der da lachte, als er mich sah,
weil er wusste, dass ich nicht der Einzige war.
Nun wird man über mich so denken,
der ist doch faul, den kann man sich schenken.
Ich werde nie wieder über andere lästern,

heute ist heute, und das war gestern.
Auch du könntest einmal der Nächste sein,
dann sagt man über dich, du faules Schwein.
Doch sieben Millionen Arbeitslose
können doch nicht faul gewesen sein,
das gestehe ich selber heute ein.

Hamburg, d. 12.2.1998
von Wolfgang Fischer

Der Spiegel deiner Seele

Du siehst in den Spiegel,
doch der ist schweigsam wie ein Siegel.

Er zeigt dein Gesicht,
doch du erkennst dich nicht.

Es bist nicht du, den du da siehst.
Es ist dein Spiegelbild, das sich dir verschließt.

Du hast einmal anders ausgesehn,
was ist bloß mit dir geschehn?

Du bist so anders und gemein geworden,
hast schlechte Gedanken, wirkst so verborgen.

Es gaukelt ihm sein Spiegel vor,
das Gesicht, das er seit Tagen verlor.

Sein Spiegel weiß nicht, was mit ihm ist geschehn,
er wird seine Mutter nie wieder sehn!

Seine Mutter ist von ihm gegangen,
der Spiegel bleibt bei ihr verhangen.

Noch oft wird er in den Spiegel sehn,
bis er begreift, was ist geschehn.

Sein Spiegel zeigt im klipp und klar,
es ist jetzt anders, als es war.

Es muss erst eine Zeit vergehn,
dann wird er sich wieder richtig sehn.

Sein Spiegel zeigt ihm, wie er wirklich ist,
damit, wenn er reinschaut, er nicht vergisst,
dass sein Spiegelbild seine Seele ist!

25.2.1998
45

Der Cowboy

Der Cowboy ist ein harter Mann,
er trinkt gerne Whisky dann und wann!

Cowboys sind auch starke Recken.
Sie brauchen sich vor keinem zu verstecken.

Doch ein Cowboy ohne Pferd
ist wie eine Köchin ohne Herd!

Ein Cowboy, der hat die schönsten Frauen.
Ihm eine auszuspannen, das sollte sich bloß keiner trauen!

Sollte es doch mal einen geben,
der spielt sogar mit seinem Leben!

Denn ein Cowboy, der spielt gerne mit seinem Colt.
Dann kannst du nur noch rufen: Das habe ich nicht gewollt.

Ein Cowboy speist auch gerne eine scharfe Wurst.
Hat er die gegessen, dann bekommt ein Cowboy Durst!

Dann trinkt ein Cowboy gerne Bier!
Und jetzt werdet ihr euch wundern:
Nur deswegen sind alle Cowboys hier!

Wo sollte ein Cowboy denn auch sein?
Natürlich beim Countryfest!
Denn da ist ein Cowboy nie allein!

Hamburg, d. 17. 8. 1999
Ein Gedicht für den Cowboy
von Wolfgang F. Fischer

Die Traurigkeit

Wenn ich einmal traurig bin
und sehe im Leben keinen Sinn,

dann fällt mir der Spruch meiner Oma ein,
die immer sagte, mein Junge, lass doch das Grübeln sein.

Ich weiß noch, ich habe mich dann immer lautstark beschwert!
Heute weiß ich, was Oma sagte, das war nicht verkehrt.

Sie sagte immer, Junge, du musst deine Seele ins Reine bringen.
Dann wird dir im Leben alles gelingen.

An den Sprüchen der Alten, da ist schon was dran.
Doch wenn ich es meinen Kindern erzähle, die lachen dann!

Was Oma sagte, das war nicht schlecht,
denn heute weiß ich, sie hatte Recht!

Und sollte ich heute mal traurig sein,
dann fällt mir bestimmt der Spruch meiner Oma ein!

Hamburg, d. 30. 6. 1999
Ein Gedicht
von Wolfgang F. Fischer

Gewidmet meinen drei Söhnen, Ralf, Heiko, Pascal!

Ein Licht in der Ferne

– Ein Liebesgedicht –

Es brennt ein Licht in weiter Ferne,
es ist dein Schatz, der dich hat so gerne.

Er wartet, dass du bald nach Hause kommst,
und dir alles gibt, was du sonst nicht bekommst.

Sie werden sich in den Armen liegen,
so als würden sie auf Wolken fliegen.

Jeden Tag und immer aufs Neue
sie schwören sich die ewige Treue.

Wie schön kann doch die Liebe sein,
wenn sie gepflegt wird und nicht schläft ein.

Auch für euch brennt ein Licht in weiter Ferne,
schalt es nur ein, und es leuchten die Sterne.

Komm raus aus dem Dunkel der Finsternis,
und du wirst sehen, wie schön das Leben ist.

Steig ein in das Traumboot der ewigen Liebe
und lass freien Lauf der innigen Triebe.

Denn du lebst nur einmal auf dieser Welt,
drum tue nur alles, was dir so gefällt.

Achte nicht auf die Zeit oder die Stunde,
gib dich hin der Liebe in jeder Sekunde.

Du lebst nur einmal auf dieser Welt,
und ohne Liebe ist es trostlos um uns bestellt.

Hamburg, d. 9.3.1998
von Wolfgang Fischer

Der Dichter

Wenn ein Dichter Gedichte schreibt,
ist es für ihn der schönste Zeitvertreib.
Er schreibt die Gedanken nieder, die in ihm sind,
er fühlt sich dabei so frei wie der Wind.
Doch seine Gedanken sind schneller als seine Hand,
das ist auch in Dichterkreisen bekannt.
Er schreibt so schnell, wie er nur kann,
doch seine Gedanken sind ihm immer voran.
Er weiß, dass es nicht anders geht,
sein Kopf ist so schnell, doch seine Hand schreibt zu spät.
Trotzdem fühlt er sich wohl dabei,
seine Hand gehört ihm, doch seine Gedanken sind frei.
Darüber ist er glücklich, dass es so ist,
noch weiß er, dass er nichts vergisst.
Und sollte es einmal anders sein,
dann weiß er bestimmt, er lässt das Dichten sein.
Noch freut er sich über jedes Gedicht,
sollte es nicht so sein, dann steht er vor Gottes Gericht.

Hamburg, d. 26.1.1998
von Wolfgang Fischer

Der Politiker

Der Politiker! Was ist das für ein Mann?
Es ist einer, der gut lügen kann!

Es ist einer, der alles verspricht.
Und das alles ohne Schauspielunterricht.

Es ist einer, der redet ohne Ende!
Der nicht rot wird beim Lügen.
Er verspricht uns die Wende.

Am schlimmsten von denen, das sind die Grünen!
Die lügen am liebsten auf öffentlichen Bühnen.

Ob Rot, Grün oder Schwarz, das bleibt hier offen.
Denn sie reden alle so, als wären sie besoffen!

Heute hü und morgen hott.
Und das bei allen im gleichen Trott.

Sie reden einem ein Loch in den Bauch.
Und sie fragen ganz frech: Morgen wählst du mich doch auch?

Wir versprechen alles!
Und wir werden nichts halten.
Das zeichnet uns aus.
Genau wie bei den Alten!

Ein Politiker, der hätte doch ein schönes Leben.
Würde es doch bloß den Wähler nicht geben!

Wer redet da von Politikverdrossenheit?
Wir können doch immer lügen! Dazu sind wir gern bereit.

Hamburg, d. 18.8.1999
Eine Politsatire
von Wolfgang Fischer

Die Deutsche Einheit?

Menschen zweiter Klasse?
Dieses Wort, wie ich das hasse!

Die Mauer müsste höher sein!
Fällt diesen Menschen denn nichts anderes ein?

Der Hass in ihren Herzen
verursacht bei den anderen Menschen doch nur Schmerzen!

Ihre Herzen bleiben gespalten.
Aber nur bei den ewig gestrigen Alten.

Drum baut auf die Jugend, die wird es schon richten.
Denn unsere Jugend, die kennt genau ihre Pflichten!

Die Jugend, wird die Zukunft schon bezwingen.
Denn die Jugend ist unbefangen in solchen Dingen.

Noch spukt es in den Köpfen
bei denen mit den alten Zöpfen!
Voller Missgunst und Neid!
Man kann es kaum glauben, wann sind sie so weit?

Um zu begreifen, dass es nur vorwärts geht,
um aus der Vergangenheit zu lernen, ist es nie zu spät!

Ob Ost, ob West! Oder Deutschland?
Wie es euch gefällt.
Wir leben doch alle in einer Welt!

Oder?
Ein nachdenkliches Gedicht.

Hamburg, d. 3.10.1999
von Wolfgang F. Fischer

Das Ende vom 19. Jahrhundert!

Und der Anfang vom Jahr 2000!

Das neue Zweitausend ist jetzt da!
Und es ist immer noch, wie es vorher war!

Die Computer sind nicht stehen geblieben!
Und Männlein und Weiblein werden sich immer noch
lieben.
Die Welt ist noch nicht untergegangen.
Und die Fischer werden weiter Fische fangen!

Die Skeptiker, die sind verzweifelt.
Wer hat denn nur den Untergang vereitelt?

Die Optimisten wussten es schon immer.
Und sagen jetzt auch noch, das sind doch Spinner!

Auch die Älteren mit ihren Sorgenfalten.
Sie haben gleich gesagt, es bleibt alles beim Alten.

Sogar unsere Jungen, die alles besser wissen.
Sogar die sagen, im Jahr zweitausend
bleibt es auch so beschissen!

Alles in allem, das ist doch klar,
es bleibt alles beim Alten, so wie es früher war!

Der kleine Mann, der muss alles bezahlen!
Und die Reichen werden wie immer strahlen!

Nun wollen auch wir, die kleinen Leute,
wie immer hoffen.
Denn für das Jahr zweitausend
bleibt doch alles offen!?
Oder?

Hamburg, d. 4.1.2000
Eine Satire von W. F. Fischer

Bettler mit Hut

Ich bin arm,
ich bin arm, das muss nicht sein,
schmeiß doch mal 'nen Euro rein.
Ich will nicht mehr zu Fuß 'rumlaufen,
will mir einen Mercedes kaufen.
Ich will essen, will saufen
und will mir leichte Mädchen kaufen.

Ich bin arm, dies muss nicht sein,
schmeiß doch mal 'nen Euro rein!

PS: „Und bin ich erstmal MILLIONÄR,
dann brauch' ich euch nicht mehr."

DANKE

Hamburg, d. 4.5.1999
von Wolfgang Fischer

Penner-Leben

Einmal möcht' ich Penner sein!
Mich benehmen wie ein Schwein!
Möcht' im U-Bahnschacht rumlaufen,
mich mit Dosenbier besaufen,
auch Wermut würd' ich gerne trinken
und so richtig furchtbar stinken!
Würd' mich mit Papier zudecken
und im Ascheimer verstecken!
Würd' so richtig glücklich sein,
wie ein altes Penner-Schwein.

Hamburg, d. 9.11.1996
von Wolfgang Fischer

Gedicht oder Lied

Starke Worte

Starke Worte sagst du zu mir: „Ich liebe dich, ich liebe dich."
Starke Worte, starke Worte.
Sagst du zu mir: „Ich habe Vertrauen zu dir, ich habe Vertrauen zu dir."
Starke Worte, starke Worte.
Sagst du zu mir: „Ich habe Achtung vor dir, ich habe Achtung vor dir."
Starke Worte, starke Worte.
Sagst du zu mir: „Ich liebe dich, ich liebe dich und bleibe immer bei dir",
darum danke ich dir, dass es dich gibt,
denn ich bin immer noch in dich verliebt.
Starke Worte, starke Worte.
Ich bin immer noch in dich verliebt!!!

Hamburg, d. 10.8.1992
von Wolfgang Fischer

Sehnsucht

– Ein Liebesgedicht –

Sehnsucht, was für ein schönes Wort,
bleib bitte nicht so lange fort.

Ich habe Sehnsucht nach dir,
komm doch bitte bald zu mir.

Denn ich brauche dich, mein Schatz,
in meinem Herzen ist noch so viel Platz.

Sehnsucht, wie nach einem fernen Land,
ich wünscht', ich hielt dich fest an meiner Hand.

Du brauchst nicht zu sagen, was Sehnsucht ist,
denn du wirst jede Stunde von mir vermisst.

Sehnsucht, was für ein schönes Wort,
ich wünschte mir, du gingst niemals fort.

Bleib doch bitte immer nur bei mir,
denn das wünsche ich mir von dir.

Hamburg, d. 9.4.1998
von Wolfgang Fischer

Überheblichkeit

Ist ein Deutscher überheblich?
Ich meine ja!
Das merkt man doch täglich.

Besonders in den besseren Kreisen,
wenn diese Menschen in den Urlaub reisen,
da meinen sie dann wohl genau,
sie seien in dem fremden Land besonders schlau!

Da zeigen sie dann ihr wahres Ich.
Wer bist den du?
Ich bin Deutscher! Ich bin ich!

Sie missachten die Sitten in dem fremden Land.
Sie glauben, sie sind die Größten
in dem fernen Land.

Sie schmeißen um sich mit ihrem Geld!
Und glauben dennoch, sie werden gefeiert wir ein Held!

Sie sind meistens der Meinung, andere Völker sind primitiv.
Dabei sind sie es selber! Denn sie stecken im Sumpf.
Und das sogar sehr tief.

In ihrem eigenen Land, sind diese Menschen auch nicht viel besser!
Denn sie sind doch die Schlauen.
Und sie wissen alles besser.

Aber das ist schon immer so gewesen,
er ist eben Deutscher!
Denn das ist sein Wesen.

Aber es sagt auch ein Sprichwort, es sind nicht alle Menschen gleich!
Nur wer andere Menschen achtet, der ist auch in seinem Herzen reich!

Ein nachdenkliches Gedicht, nach vielen Erlebnissen im Ausland!
von Wolfgang F. Fischer, Hamburg, d. 31.1.2000

Irgendwann

Irgendwann auf dieser Welt
brauchst du nirgends mehr dein Geld.
Dann bezahlst du alles nur mit Karten.
Du brauchst gar nicht mehr lange zu warten.

Du bist dann Besitzer einer Eurocheque.
Aber trotzdem bleibst du der letzte Dreck!

Euro Scheck ist dann die Karte für die Armen.
Wer die dann hat, da möge sich Gott erbarmen!

Tust du dann eine Master Card besitzen,
dann gehörst du zu den gut Verdienenden
in den oberen Spitzen!

Master Card Gold: Die haben dann die Frechen, Dreisten.
Weil die dann schon glauben, sie können sich alles leisten!

Barcley Card, das war mal eine für die richtig Reichen.
Aber wer die dann hat, kann sich schon mit denen vergleichen!

Doch hast du einmal die Goldene Card Amerika Scheck.
Dann liegst du niemals mehr im Dreck.

Doch eines Tages, dann klopft es poch poch poch!
Dann hilft dir keine Karte mehr.
Dann kommst du in das tiefe Loch!

Dann hilft dir keine Karte mehr,
denn deine Taschen bleiben leer!

Da heißt es dann: Ob arm ob reich,
bei uns sind alle Menschen Karten gleich!

Hamburg, d. 14.2.2000
Eine zeitgemäße Satire von Wolfgang Fischer

Die Eheleute

Du hast mir den Himmel auf Erden versprochen,
doch nach fünf Jahren war sie schon zerbrochen!
Du hast geschworen, mich immer zu lieben,
doch wo ist deine Liebe nur geblieben?
Du hattest doch versprochen, mich immer zu lieben!
Doch du bist nur zu dem anderen gekrochen;
nicht nach fünf Jahren, schon nach fünf Wochen
bist du zu ihm hingekrochen!
Aber du hattest doch versprochen.
Nach fünf Jahren hab' ich es erfahren,
deine Reue kannst du dir ersparen.
Auch ich hab' dich schon lange betrogen.
Wir hatten uns doch beide den Himmel versprochen
und haben es beide schändlich gebrochen.
Die Liebe war groß, als wir uns fanden,
aber die Ehe haben wir nicht bestanden.
Die Schuld trifft den mit dem Bogen,
denn der hat uns beide belogen.
Der hat wieder aufs neue geschossen
und wieder eine neue Liebe beschlossen.
Es wird wieder der Himmel auf Erden versprochen,
in der Hoffnung, es wird nicht gebrochen.
Denn sie haben es sich doch beide versprochen!!!

Hamburg, d. 13.9.1997
von Wolfgang Fischer

Die Geißel, dein Schmerz

Sie standen mit ihrem Schmerz auf du und du!

Sie schrieen ihn an! Lass uns in Ruh.

Doch ihr Schmerz, der wollte nicht schwinden!
Nein, er tat nur immer mehr Schmerzattacken
finden!
Komm Schmerz, wir müssen uns arrangieren.
Wir wissen doch genau, wir werden verlieren!

Lasst uns gehen, Hand in Hand.
Wir leben zusammen, wie in einem Verband.

So ist es auch einige Jahre, gut gegangen.
Doch dann hatte der Schmerz sie wieder
eingefangen!
Ich werde euch zeigen, wie stark ich bin!
Gegen mich zu kämpfen, hat keinen Sinn.

Ich werde immer der Sieger sein.
Und du bleibst mit mir, dem Schmerz, allein.

Solange euer Herz wird schlagen,
werde ich, der mächtige Schmerz,
euch plagen!

Ein Gedicht
über den jahrelangen Schmerz vieler Millionen Menschen

Hamburg, d. 21.3.2000
von Wolfgang F. Fischer

Der Mensch

An seinen Taten wirst du ihn messen.

Als Mensch wurdest du geboren,
als Mensch musst du auch wieder gehen!

Doch was hattest du auf der Erde nur verloren?
Das kann einer nur verstehen.

Was hast du getan, um dein Dasein zu beweisen,
hast gute Taten du vollbracht,
oder hast du über andere Menschen nur gelacht?

Was hast du beigetragen, zum Wohl der Zeit,
oder lagst du mit anderen Menschen nur im Streit?

Bist liebevoll und gütig du gewesen?
Oder warst du grausam und gemein zu anderen Wesen?

Dieses alles wird dir eines Tages vorgetragen,
dann kannst du nicht Lügen. Dann musst du die Wahrheit sagen!

Dann stehst du vor dem Jüngsten Gericht,
und dann die Wahrheit zu sagen ist dein Pflicht!

Dann kannst du nicht lügen und immer noch sagen,
ich habe mich mit Mensch und Tier immer gut vertragen.

Dann musst du beweisen deine guten Taten,
die müssen auch stimmen. Das kann ich nur raten!

Dann wirst du nicht bereuen, dass du geboren bist.
Weil du nun merkst, wie schön es auf der Erde ist!

HH-Neugraben, d. 11.1.2002,
von Wolfgang F. Fischer

Der Frühling

In den Tälern sprießt langsam schon der erste Klee.
Und von den Bergen kommt der Duft vom schmelzenden Schnee.

Der Frühling zieht ins Land.
Verliebte Pärchen gehen Hand in Hand.

Kleine Kitze säugen an der Mutter Brust.
Hasen springen im Gras vor lauter Frühlingslust!

Auf der Wiese kleine Lämmlein grasen
und miteinander um die Bäume rasen!

Blumen wachsen, Bäume sprießen.
So können wir Menschen den Frühling genießen.

Kinder spielen im Gras, auf dem Hinterhof.
Und wenn sie abends ins Bettchen sollen,
das finden sie doof!

Oh Frühling! Du dürftest nie vergehen
Und die Sonne dürfte niemals untergehen.

Da macht es Freude, am frühen Morgen aufzuwachen,
wenn du siehst die Sonne lachen!

Du streckst deine Arme vor Freude empor.
Und du fühlst dich so frisch und verliebt wie nie zuvor!

Hamburg, d. 27.3.2000
Ein Frühlings-Gedicht
von Wolfgang F. Fischer,

Sozial-Satirisches und Wahres

(1)
Was ist der Unterschied, zwischen einem Arbeiter
und einem Sozialhilfeempfänger?
Der Arbeiter geht arbeiten und hat kein Geld!
Und der Sozialhilfeempfänger? Der hat keine Arbeit, aber er hat ein Auto!

(2)
Unterhalten sich zwei Männer an einem Kiosk! Da sagt der eine,
der von Sozialhilfe lebt:
„Wir waren gestern wieder einmal beim Chinesen essen!"
Da sagt der andere: „Wie machst du das nur?
Ich gehe jeden Tag zehn Stunden arbeiten und
kann mir trotzdem nichts leisten!"
Da sagt der Sozialhilfeempfänger: „Ich gehe auch arbeiten! Aber schwarz!"
Frage: Wer macht hier was falsch?

(3)
Sitzen zwei Männer beim Zahnarzt und unterhalten sich.
Da sagt der Ältere: „Meine Zähne sind so kaputt,
dass ich jetzt ein Gebiss brauche!
Und das ist so teuer, dass ich gar nicht weiß, wie ich das bezahlen soll!
Und nun ist auch noch mein Kühlschrank kaputt.
Aber die Zähne gehen ja vor!"
Da sagt der Jüngere: „Ich brauche eine Zahnbrücke.
Aber ich brauche keinen Euro dazubezahlen!
Und einen Kühlschrank habe ich mir auch bestellt.
Der wird morgen geliefert!"
Da fragt der Jüngere den alten Herrn: „Was arbeiten sie eigentlich so?"
Da sagt der alte Herr: „Ich bin Rentner!" „Ach so! Sie armes Schwein."
Da fragt der Rentner den jungen Mann: „Und was machen sie so,
dass Sie sich alles leisten können?"
„Ach, ich mag das gar nicht sagen! Ich schäme mich so."
„Wieso, ist das so ein schlechter Beruf?", fragt der Rentner.
„Nein, das nicht!
Aber ich bin Sozialhilfeempfänger!"
Die Unterhaltung geht zwischen den beiden Männern weiter,
denn sie sitzen ja beim Arzt, und da hat man viel Zeit!

Da sagt der Rentner zu dem jungen Mann:
„Wissen sie, wir sind ja viele Millionen Rentner.
Aber uns hat keiner mehr auf der
Rechnung! Wir sitzen auf dem abbrechenden Ast. Aber ihr seid viel
stärker!
Ihr seid zwar so ungefähr 3,2 Millionen Sozialhilfeempfänger.
Aber wenn ihr aufschreit: Ihr Politiker, gebt nur gut Acht. Denn eine
hungernde Armee ist eine große Macht! Lasst uns nur nicht hungern.
Gebt nur gut Acht!
Also werdet ihr es immer besser haben!"
„Herr Müller! Bitte zum Arzt", rief die Zahnarzthelferin den Rentner!
Und die beiden Männer sahen sich nie wieder!
Recht hatte der alte Mann, dachte der Jüngere.

(4)
Was ist der Unterschied zwischen einem, der arbeiten geht, und einem,
der keine Arbeit hat? Es gibt keinen!
Beide sind glücklich. Der arbeiten geht, der freut sich,
dass er arbeiten gehen darf!
Und zehn Euro mehr im Portemonnaie hat!
Und der andere?
Der freut sich, dass er nicht zu arbeiten braucht,
aber nur zehn Euro weniger hat!

Und warum ist das so?
Den Ersten nutzt der Arbeitgeber aus!
Und der Zweite?
Der nutzt die Gemeinschaft aus!

Neugraben, d. 13.2.2002
von Wolfgang F. Fischer

Die Bibel

Die Bibel gibt Hoffnung und Trost
in schwerer Not.
Den Frommen begleitet sie bis in den Tod!

Die Bibel ist eine Reise in die Vergangenheit.
Auch für die Zukunft hält sie viel bereit.

Mit Adam und Eva, so fängt alles an!
Und so zieht dich die Bibel in ihren Bann.

Man braucht nicht ein großer Kirchgänger zu sein.
Doch die Bibel fängt trotzdem deine Seele ein.

Aber auch heute, im einundzwanzigsten Jahrhundert,
wer hätte das gedacht,
dass die Bibel immer noch so viel Freude macht?

Und so wollen wir auf Gott vertrauen
und ab und zu in die Bibel schauen!

Neugraben, d. 25. 4. 2003
Ein Gedicht
von W. F. Fischer

Anlass
Bibel-Ausstellung in Neu Wulmstorf, zur Eröffnung gelesen, wo auch eine alte, 100-jährige mir vererbte Bibel meines Opas ausgestellt war!

Und es gibt dich doch – Gott!

– Ein Gleichnis –

Nur zu ahnen, dich zu begreifen,
darf der Mensch auch an dir zweifeln?
Um zu glauben, um dich zu verstehen,
darf der Mensch auch solche Wege gehen?
Der Zweifler ist besser als ein falscher Prophet!
Der Zweifler weiß, dass Gott ihn versteht.
Der Zweifler hat Gott noch nicht gefunden
und ist trotzdem mit ihm verbunden.
Ein falscher Prophet,
der weiß, um was es geht,
er ist besessen,
er will, dass wir Gott vergessen!
Für den Zweifler ist es nie zu spät,
er weiß, dass es um Gottes Liebe geht!
Er kann Gott erahnen, er will Gott begreifen
und nicht an seiner Liebe zweifeln.
Er war verloren und hat zu Gott gefunden,
denn er war immer mit ihm verbunden.
Gott hat ihn niemals fallen lassen,
ein falscher Prophet aber kann nur hassen.

Hamburg, d. 30.11.1997
von Wolfgang Fischer

Dieses Gleichnis habe ich schon zweimal in zwei verschiedenen Kirchen vorgetragen.
Das erste Mal, am 20. 12. 1997, zu einem Gottesdienst und das zweite Mal, am
18. 4. 1998, zu einer Konfirmation, wo in einer Kirche geklatscht wurde! – Es war
super!!!

Was sagt Gott?

Suchst du Hilfe? So werde ich dir helfen.
So steht es in der Bibel geschrieben.
Ruf mich an in der Not, so werde ich dir helfen!

Aber lege kein falsches Zeugnis ab. Zetere nicht ständig.

Du musst nicht täglich jammern! Und zu ihm beten, er sieht dein Leid,
er weiß um dich!
Gott hat sich um Millionen Menschen zu kümmern
und kann nicht ständig nur bei dir sein.

Du, Mensch, siehst nur dich alleine und bist ungerecht zu Gott!

Weil du glaubst, er hätte dich vergessen!
Schmerzen und Not leiden Millionen Menschen.

Doch wenn Gott sich nicht gleich um dich kümmert,
bist du am Hadern, ob Gott dich noch gern hat.

Warte nur ein par Tage oder auch Wochen!

Und er ist wieder nur für dich alleine da!

Dann wirst du ein Glücksgefühl erleben,
da du nur mit Gott alleine bist!

Und du wirst sehen, dass auch er dich liebt.
Denn es heißt nicht umsonst, rufe mich an in der Not.
Und ich werde dir helfen.

Gott arbeitet rund um die Uhr! Er weiß um dich.

Hamburg, d. 12.3.2000
Ein Gleichnis
von Wolfgang F. Fischer

Der Polizist

Polizist ist sein Beruf!
Weil Gott auch den Beruf erschuf.
Einer muss doch diese Arbeit machen.
Aber diese Arbeit ist nicht mehr zum Lachen!

Polizist zu sein,
da sagt so manch einer: oh, nein.

Polizist zu sein: Da bist du Mülleimer der Nation.
Aber wer weiß das schon?

Er ist von Autoschrott und Straßenmüll umgeben!
Und die aus den Kloaken trachten ihm nach dem Leben.
Der Wachtmeister von vor hundert Jahren,
der hat noch Achtung und Erfurcht erfahren.

Ihm hat noch keiner nach dem Leben getrachtet.
Er wurde wirklich noch geachtet!

Doch heute, im Jahr zweitausend, Polizist zu sein,
wenn du da überlebst, dann hast du Schwein.

Euer Stiefvater Staat sollte euch mehr beachten.
Er sollte nicht seine Kinder freigeben zum Schlachten.
Ein bisschen mehr Achtung und ein bisschen mehr Respekt
und die Polizei wäre wieder perfekt!

Ein Polizist ist eine Respektsperson
und nicht der Trottel der Nation!

Hamburg, d. 19.6.2000
Eine wahre Satire
von Wolfgang F. Fischer

Der Angeber

Es war einmal ein Mann,
er tat so, als wenn er alles kann!

Er hat kein Blatt vor den Mund genommen.
Er hat meistens auch alles bekommen.
Er war so von sich eingenommen,
wie er meinte, würde er jede Frau bekommen!

Arroganter Macker würde man diesen Menschen nennen.
Wenn dieser Mann zu Hause ist, dann tut er meistens pennen!

Von Natur aus sind diese Menschen groß und breit
wie ein Schrank,
doch was ist in ihrem Kopf?
Ja, da sind sie meistens krank!

Privat, sind diese Männer einsam und arm.
Und sie haben überhaupt keinen Charme.

Nur öffentlich und in ihren Kreisen,
da wollen sie sich ständig beweisen!

Diese Männer bekommen keine Frauen,
wer soll so einem Kerl auch trauen?

Meistens sind diese Männer nur in ihren Bierflaschen verliebt.
Weil es davon so viele gibt!

Die halten still und sie tun sich nicht wehren,
so einen Mann, den kann man nicht verehren.

Macho werden diese Männer noch genannt.
Das heißt wohl männlich, das ist doch allerhand!

In Wirklichkeit sind diese Männer arme Wesen.
Sie gehören unter den Tisch gekehrt mit einem Besen!

Sollten diese Kerle doch eine Frau mal finden,
doch dann nur in der Kategorie der Blinden!

Eine Satire von Wolfgang F. Fischer,
Neugraben, d. 9.12.2000

Das Kapital

im einundzwanzigsten Jahrhundert

Der Frühkapitalismus, der lässt grüßen.
Jetzt tritt man den Kleinen wieder mit Füßen!

Mit Diebstahl bei den Rentnern, so fängt es an.
So treffen wir den kleinen Mann:

Für fünf Euro in der Stunde!
Soll der Faule arbeiten gehen.

Aber er wird trotzdem beim Sozialamt vor der Türe stehen!

Auf billiges Fleisch muss der kleine Mann verzichten.
Lieber werden wir alle Tiere vernichten.

Auch Autofahren werden wir dem kleinen Mann vermiesen.
Wir verteuern den Sprit,
wir Kapitalisten, wir miesen!

Die Mieten, die sind explodiert und so hoch wie nie:
Wir bekommen euch schon kaputt, wir Kapitalisten.
Aber ihr glaubt uns nie!

Nur wir Kapitalisten können euch zeigen, wie stark wir sind.
Aber unsere Gier, die macht uns blind:
Wir sehen nicht, wie der kleine Mann den Stein aufhebt
und ihn mit der Faust zum Himmel hebt!

Die Geschichte hat es schon öfter geschrieben:
Der Reiche wird auch schnell vertrieben.

Die Steigbügelhalter der Kapitalisten,
die wird man dann auch ausmisten.

Nun, ihr Kapitalisten, gebt gut Acht!
Was ihr mit dem kleinen Mann da macht.

Drum merket, ihr Regierenden, ihr die Großen:

Wenn der Volkszorn sich entlädt,
ist es zum Handeln oft zu spät!

Eine zeitgerechte Satire von Wolfgang Fischer,
Hamburg, d. 19.4.2001

Der Punker

Du fühlst dich stark, du fühlst dich groß,
doch in deinem Kopf, da ist nur Moos.
Man nennt dich Punk,
bist breit wie ein Schrank,
doch in deinem Kopf, da bist du nur krank.
Du bist der Boss einer großen Bande,
doch erntest du nur Schande.
Du bist der Clown deiner Generation,
doch was weißt du schon.
Du nimmst Drogen, das ist doch klar,
das weiß doch jeder, der einmal Punker war.
Du überfällst alte Frauen und bist auch noch stolz
und behandelst andere Menschen wie Holz.
Doch du bist die Trauer einer Gestalt,
du stehst nicht auf Frieden, du stehst auf Gewalt.
Du fühlst dich stark, du fühlst dich so groß,
doch in deinem Kopf, da ist nur Moos.

Hamburg, d. 4.10.1997
von Wolfgang Fischer

Du goldener Tropfen

O Wein, du Königin der Getränke,
dich trinkt man auch in einer einfachen Schänke.
Erst musst du reifen in einem großen Fass;
du kommst noch lange nicht in ein Glas.
In einem Keller darfst du jetzt ruh'n
und du musst deine eigene Arbeit tun.
Nun bist du gealtert und wirst befreit,
aber zum Trinken noch nicht bereit!
Erst kommst du in eine Flasche 'rein,
so dass du wirst zum goldenen Wein.
Nun wirst du gedreht und auch gewendet,
deine Reifezeit ist jetzt bald beendet.
Dann wirst du stehen auf einem Tisch
und wirst getrunken zu Fleisch und Fisch.
Jetzt darfst du in ein Glas hinein
und sollst glänzen bei Kerzenschein.
Den Gaumen wirst du uns nun verwöhnen,
und zur Königin werden wir dich krönen.
Denn du bist die Königin der Getränke,
dich trinkt man auch in einer einfachen Schänke.
Jetzt darfst du in ein Glas hinein
und bist zum Saufen viel zu fein.

Hamburg, d. 13.10.1997
von Wolfgang Fischer

Ali, der Bauarbeiter

– Ein sozialkritisches Gedicht –

Er war Arbeiter auf einem Bau,
er war kein Deutscher und trotzdem schlau.
Er kam aus der Türkei, einem fernen Land,
er hatte nur einen kleinen Koffer in der Hand.
Nun stand er da, in Berlin am Bahnhof Zoo,
und war über sein Dasein gar nicht froh.
Er war in einem fremden Land,
das er nur vom Hören hat gekannt.
Sein Bruder hatte es ihm beschrieben,
die Deutschen würden uns Türken lieben.
Doch das war schon lange übertrieben.
Man hatte ihn nur böse angeschaut,
zu sagen hatte er sich nichts getraut.
Es war nicht mehr wie vor zwanzig Jahren,
als sein Bruder war nach Deutschland gefahren.
Er war willkommen, man hat ihn geachtet,
da hatte noch keiner nach seinem Leben getrachtet.
Nun stand er da am Bahnhof Zoo,
und seines Kommens nicht mehr froh.
Kanake hat man ihn gescholten,
er wusste, das hat ihm gegolten.
Er hatte es sofort verstanden,
denn er hatte sein Deutsch mit „gut" bestanden,
was seine Eltern auch so fanden.
Nun stand er da am Bahnhof Zoo,
nur der Meister vom Bau, der war froh.
Er hatte da nun einen Mann,
den er gut abkochen kann.
Zehn Mark sollte er nun die Stunde bekommen,
und hat ihm seinen Koffer abgenommen.
„Komm, Ali, ich zeige dir dein Heim",
und schob ihn in eine Baracke rein,
wo schon andere auf ihren Betten lagen.
Es waren schon zwölf, es wird schon gehen.
„Ihr müsst eben mehr zusammenrücken",

und der Meister tat sich sofort verdrücken.
Ein Schaudern lief über Alis Rücken,
am liebsten würde er sich auch verdrücken.
Wie war er doch so tief gesunken,
und es hat fürchterlich gestunken.
Nun stand er da in der Baracke
und dachte auf Deutsch: „Das ist alles Kacke.“
Hermann, der Deutsche, fing am nächsten Tag an zu schrei'n:
„Geh nach Hause, du Türke,
du nimmst uns die Arbeit, lass uns allein.“
Ali, der Türke, war gar nicht mehr froh,
hätte er doch bloß nicht gestanden in Berlin, am Bahnhof Zoo.
Wäre er doch bloß in Anatolien geblieben,
da würden ihn wenigstens alle lieben.

Hamburg, d. 9.10.1997
von Wolfgang Fischer

Sommer auf dem Campingplatz

Endlich, hurra, hurra.
Der Sommer, der ist da!

Dann gehen wir zum Strand,
es ist ganz heiß der Sand.

Wir stürzen uns ins Wasser rein
und fühlen uns so wie ein Schwein!
Die Algenpest, die hat begonnen!
Und so hat der Sommer seinen Lauf genommen.

Nun kommst du stinkend aus dem Wasser.
Riechst wie ein Fisch oder noch viel krasser.

Als guter Camper nimmst du das alles in Kauf.
Es ist eben Sommer, so nimmt er seinen Lauf.

Doch das Schönste von allem, das sage ich dir,
wenn du wieder auf dem Campingplatz bist,
oh, wie schmeckt dir dein Bier.

Dann hast du den Strand schon wieder vergessen.
Und du nervst deine Frau!
Wann gibt es was zu essen?

Doch das Schönste, das ist der Abend.
Da wollen wir nicht mogeln.
Denn wir gehen zum Nachbarn und wollen knobeln!

Dann gehst du nach Hause und bist besoffen.
Für den nächsten Tag bleibt noch alles offen.

Du hast schlecht geschlafen!
Sagst nicht einmal: „Guten Morgen, mein Schatz."
So ist der Sommer auf dem Campingplatz!

Grömitz, d. 22.7.1999
Eine Camping-Satire
von Wolfgang F. Fischer

Auf dem Campingplatz

Auf dem Campingplatz, das muss euch berichten,
da braucht man auf gar nichts mehr zu verzichten!

Du hast deine Freiheit, das muss ich loben.
Und deine Kinder können da ordentlich toben.

Da bist du noch eins mit der Natur.
Da schmeckt dir dein Schnäpschen,
und das auch noch pur!

Deine Nachbarn kommen dich einfach besuchen!
Da kannst du nichts machen.
Da hilft auch kein Fluchen.

Dann wird gegrillt und auch gefeiert.
Am nächsten Morgen, da wird dann manchmal
gereihert!
Wir wollen auch die Tiere nicht vergessen.
Die krabbeln auf dem Tisch,
sogar noch beim Essen.

Doch am Sonntag, da sind wir so schlau,
da fahren wir abends nach Hause und stecken im Stau!

Oh Campingzeit, was für ein schönes Leben!
Würde es bloß den Alltag nicht geben.

Im nächsten Jahr, wir freuen uns schon so,
dann machen wir wieder Camping, das ist nun mal so!

Hamburg, d. 21.7.1998
Ein Camping-Gedicht
von Wolfgang F. Fischer

Freiheit der Gedanken

Er war kein Mörder und auch kein Verräter,
er war nur ein Gedankentäter.
Sein Verbrechen war es, eine andere Meinung zu haben.
Das konnte sein Staat aber nicht ertragen.
Man steckte ihn ins Gefängnis rein,
da war er aber nicht allein!
Es waren noch mehr Gedankentäter,
sie alle waren keine Verräter.
Nur weil man anderer Meinung war,
waren sie für ihren Staat eine Gefahr.
Man hat sie geschlagen und auch getreten,
da half kein Gott und auch kein Beten.
Und trotzdem hat man sie Verräter genannt,
Verräter an unserem Vaterland.
Was mag das aber für ein Vater sein,
der seine Kinder sperrt für ihre Gedanken ein?
Wohl jeder kennt ein solches Land,
wo man wird für seine Gedanken verbannt.
Wo Menschen nur nach Freiheit streben
und nicht beachten ihr eigenes Leben.
Es gibt noch so viele Länder auf dieser Welt,
wo man Menschen wie Tiere gefangen hält.
Sie werden gequält und auch geschlagen
und müssen manche Pein ertragen.
Andere hat man auch erschlagen,
nur weil sie Gedankenverräter waren.
Es gibt auch welche, die hat man belohnt;
sie haben dann ihren eigenen Vaterstaat entthront.
Man hat sie geschlagen, man hat sie getreten,
doch bei denen half wahrscheinlich das Beten.
Wie tief muss ein Staat in der Krise stecken,
dass er andere Menschen lässt ins Gefängnis stecken.
Nur weil sie anderer Meinung waren,
muss der Staat doch Achtung zeigen und sie ertragen.
Nur so kann er ein guter Vater sein,
wenn er nicht sperrt seine Kinder ein.

Hamburg, d. 17.11.1997 von Wolfgang Fischer

Der Mensch

wie ich ihn sehe

Auch wenn ich einen Menschen sprachlich nicht verstehe:
Die Hauptsache ist doch, dass ich ihn mag
und ich mich mit ihm verstehe!

Nicht in seiner Sprache! Weil ich ihn da nicht verstehen kann.
Aber mit meinem Herzen, da begreife ich ihn dann.

Da begreife ich dann, worum es ihm geht.
Und er merkt sofort, da ist ein Mensch, der ihn versteht!

Er weiß sofort, auf diesen Menschen, da kannst du dich verlassen.
Da ist ein Mensch, der wird dich nicht hassen.

Du fragst ihn nicht gleich, an welchen Gott mag er wohl glauben.
Damit würdest du ihn seiner Würde berauben!

Denn jeder Mensch hat das Recht auf seine Würde.
Um sie zu erlangen, bezwingt er jede Hürde!

Ob Unterdrücker oder Unterdrückter:
Jeder Mensch sollte den anderen achten.
Dann, erst dann brauchte keiner dem anderen nach seinem Leben
trachten!

Dafür setze ich mich ein auf dieser Welt!
Damit alle Menschen glücklich sind.
Und weil mir diese Vorstellung auch besser gefällt.

Wir alle sollten darauf achten,
dass die Superreichen in ihrer Gier uns nicht nach unserer Freiheit
trachten!

Denn das ist die Ironie: Für die sind wir nur ein Stück Vieh!

Alle Kriege auf dieser Welt
kommen von den Superreichen.
Denn die sind gierig nach Macht und Geld!

Hamburg, d. 18.4.2002
Ein Gedicht v. Wolfgang F. Fischer

Ihr Kanaken

Ein Gedicht über Rassenhass

Warum nur, warum nennst du mich Kanaker?
Und schreist mich an, geh nach Hause du dummer
Macker.
Ich bin doch auch nur ein Mensch wie du.
Warum lässt du mich nicht in Ruh?

Wir haben doch auch nur die gleichen Herzen.
Und werden wir geschlagen,
dann haben wir die gleichen Schmerzen!

Warum müsst ihr uns so quälen?
Damit verletzt ihr unsere Seelen.
Wir wollen doch auch nur nach Freiheit streben.
Doch ihr trachtet uns nach dem Leben!

Wir glauben doch auch nur an den gleichen Gott!
Doch wenn wir Mohamed oder Allah sagen,
ernten wir nur Spott.

Wir lieben unsere Eltern und Kinder! Genau so wie ihr.
Nur dass wir anders aussehen,
da können wir doch nichts dafür.

Wir wollen doch auch nur ein bisschen glücklich sein!
Kommt uns doch entgegen und lasst uns nicht allein.

Euch hat man nach dem Kriege auch nicht fallen lassen.
Warum müsst ihr die Ausländer nur hassen?

Zum Glück sind nicht alle Menschen gleich.
Die aber, die andere Menschenrassen lieben,
die sind in ihren Herzen reich.

Überall auf der Welt, es ist egal, wo du auch bist,
sollst du den anderen Menschen achten.
Ganz gleich, wer er auch ist!!

Türkei, d. 23.10.1998
von Wolfgang F. Fischer,

Nachtrag:
Dieses Gedicht durfte ich am 11.10.2002 um 21.30 Uhr in der Türkei auf der Bühne
im Hotel Saray-Regency lesen! Sorgun-Titreyengöl.

Mein Gedankentraum

So, wie die Welt sein müsste:

Ich möchte ein Weltenbürger sein.
Dann wäre mein Land riesengroß und nicht so allein.

Dann hätten wir nur einen Präsidenten.
Und alle Menschen hätten die gleichen Renten.

Und alle Menschen hätten was zu Essen!
Der Hunger wäre dann vergessen.

Weil dann alle Menschen sich einig sind
ob Schwarz, ob weiß oder Chinesenkind.

Nur eine Sprache würde es dann geben.
Und wir hätten alle ein schönes Leben!

Kriege, die würde man vergessen:
Denn in der neuen Welt bräuchte keiner seine Kräfte zu messen!

Nur in der Arena oder in sportlichen Stätten,
da kann dann jeder auf den Stärkeren wetten.

Jeder Mensch hätte Arbeit, nur nicht die Kinder!
Die würden für die Zukunft lernen.
Und sie hätten alle ein eigenes Zimmer.

Auf der Straße würde keiner Nigger zu dir sagen.
Jeder würde den anderen mit Achtung ertragen!

Das ist mein Traum, wie ich ihn mir wünsche.
Doch heute ernte ich noch Schimpfe.

Doch eines Tages, da wird es so sein,
ich weiß genau. Mit diesem Gedanken bin ich nicht allein.

Dann braucht sich kein Mensch mehr vor dem anderen zu verstecken!
Dann wird alles ausdiskutiert
und jeder lässt sein Messer stecken.

Ein Gedicht, wie ich mir die Welt wünsche.
von Wolfgang F. Fischer
in der Türkei geschrieben am 23.10.1998

Nachtrag:
Dieses Gedicht durfte ich am 11.10.2002 um 21.30 Uhr in der Türkei auf der Bühne
im Hotel Saray Regency lesen! Sorgun-Titreyengöl.

Freunde sein

Freundschaft ist eine Sache von Vertrauen!
Drum lasst uns doch auf diese bauen.

Um sich gegenseitig zu verstehen,
muss man diesen Weg auch gehen.

Miteinander reden, und wenn es auch nur
mit den Händen ist.
Was dabei manchmal rauskommt, ist wirklich nicht nur
Mist.
Mehr miteinander lachen und dabei glücklich sein.
Wer diese Praxis praktiziert, der schlägt dem anderen nicht
den Schädel ein!

Wir erwachsenen Menschen sind manchmal voller Hass!
Da fragt dich sogar dein eigenes Kind:
Papa und Mama was soll denn das?

Unsere eigenen Kinder, die machen es vor.
Sie öffnen ihre Herzen zu einem großen Völker-Tor.

Drum halten wir doch zusammen, ob Schwarz oder Weiß.
In Freundschaft und Liebe, sonst zahlen wir einen hohen
Preis!
Mit Krieg und Gewalt lässt die Welt sich nicht regieren.
Da werden unsere Herzen nur zu Eis gefrieren!

Ein Gedicht von Wolfgang F. Fischer
Hamburg, Deutschland
11.9.2002, geschrieben zum Gedenken an diesen schlimmen Tag

Nachtrag:
Dieses Gedicht durfte ich am 11.10.2002 um 21.30 Uhr in der Türkei auf der Bühne
im Hotel Saray-Regency lesen! Sorgun-Titreyengöl.

Der Nazi

Es gibt sie immer noch!

Du bist stolz, ein Nazi zu sein!
Doch was soll das heißen.
Denn wenn du geschlagen wirst,
dann schreist du auch: Lass das sein!

Du stellst dich hin und schreist: Ausländer raus!
Dabei wohnst du selber in einer Wohnung,
die ein Ausländer gebaut hat in so einem Haus.

Du willst ihn verprügeln, nur weil er Ausländer ist!
Nur weil er eine andere Hautfarbe hat.
Was soll der Mist?

Reich ihm die Hand
und frage: Woher kommst du?
Aus welchem Land?

Sag ihm, dass du auch nur ein Erdenbürger bist.
Dann wirst du sehen, wie glücklich er ist.

Wir sitzen doch alle in einem Boot.
Halten wir doch zusammen,
sonst schlagen wir uns tot!

Stolz kann jeder auf seine Heimat sein.
Doch er muss sich benehmen. Aber nicht wie ein
Schwein!!

Hamburg, d. 12.11.1998
Eine Satire
von Wolfgang F. Fischer

Menschenrechte

Menschenrechte, so wie es ihnen gefällt.
Sie machen es abhängig von ihrem Geld!

Menschenrechte in Tschetschenien!?

Das ist doch zu teuer!
Da müssen wir doch erhöhen dem Volk die Steuer!

Geht es um Menschenrechte im Nahen Osten?
Nein, da kommen sie alle auf ihre Kosten.

Wo nichts zu holen ist, da tut man sich mit den Menschenrechten
schwer.
Da kommt dann das Wort: Die Kassen sind leer.

Die Menschenrechte wo kommen die eigentlich her?
Sie kommen aus Frankreich!
Und sie zogen nach Amerika, in die USA, weit übers Meer.

Da sind die Wächter der Menschenrechte!
Und sie wachen darüber, wer ist der Gute?
Und wer ist der Schlechte?

Und sie schaffen es immer mit viel Getöse.
Da ist der Gute und da ist der Böse!

Der Böse das ist immer der Schlechte!
Der braucht auch keine Menschenrechte.

Menschenrechte sind doch nur Phrasen.
Aber wenn es um viel Geld geht,
dann werden die Fanfaren zum Kriege geblasen!

Aber geht es den Herren um keine Moneten,
dann werden die Menschenrechte mit Füßen getreten!

Hamburg, d. 10.12.1999
Eine sozialpolitische Satire
von Wolfgang F. Fischer

Ich bin Soldat

Es ist egal, in welchem Land.

Ich stehe in Zwietracht mit meinem Staat.
Wenn ich nicht schieße, schreit der gleich Verrat!

Ich möchte Mensch sein! Ich möchte nicht hassen.
Doch mein General sagt, ich soll das Denken lassen.

In einem fremden Land, da soll ich Menschen morden.
Wenn ich meinem Staat gehorche, dann bekomme ich
einen Orden.
Da bin ich nun, in einem fremden Land.
Und ich habe ein Gewehr in meiner Hand!

Ich höre Frauen und Kinder schreien!
Mein General ruft mir zu:
Höre nicht hin, wir sind doch hier, um sie zu befreien!

Ich habe nun keinen eigenen Willen mehr.
Mein Herz ist wie versteinert.
Und mein Kopf ist so leer.

Mein Staat hat gerufen! Wir sollen Frieden schaffen.
Doch warum? Doch warum nur mit Waffen?

Aber ich möchte nicht schießen!
Ich möchte lieber
meine Frau und meine Kinder zu Hause in die Arme schließen!

Doch mein Staat, der wittert Verrat!
Der hat sofort eine Drohung parat.

Es wird unverdrossen weiter geschossen.
Wenn du nicht gehorchst, dann wirst du erschossen!

Innerlich, da bin ich sehr erbost.
Und scheinheilig. Da gibt mir ein Pastor Trost!

Hamburg, d. 29.3.1999
Eine nachdenkliche Satire
von Wolfgang F. Fischer

Der braune Mob

Der braune Mob, der kann es nicht lassen.
Sie müssen erneut die Ausländer hassen.

Sie nennen sich Skinheads und hassen die Punks.
Und sie haben eine Baseball-Keule in ihrer Hand!

Damit schlagen sie dem Ausländer den Schädel ein,
manchmal darf es auch ein anders denkender
Deutscher sein!

Aber die Schuld nur auf diese jungen Leute
zu schieben,
das ist es, was Politiker so lieben.

Auch in ihren Reihen stinkt es fürchterlich,
es sind immer nur die anderen.
Das es bloß keiner wahrhaben will, das ist fürchterlich!

Wieso und warum? Das ist allen egal!
Hauptsache, sie werden wiedergewählt,
denn das ist legal.

Nach Ursachen zu forschen, das ist wohl zu schwer,
aber es wird gleich geschrieen, das ist zu teuer
und die Kassen sind leer.

Es ist Unrecht, was DIESE Leute machen,
aber über unsere Politiker, kann man auch nur lachen!

Hamburg, d. 8.8.2000
Eine Satire
von W. F. Fischer

Der Krieg

Als Mittel zum Zweck?

Wer wird im Krieg sich am meisten freuen?
Und nicht einen Toten bereuen?

Das sind die Herren der Waffenschmiede.
Denn die fabrizieren ihre Waffen mit Liebe!

Diese Fabriken haben immer Konjunktur.
Und die Bosse da drin stoßen an mit Whisky pur.

Sie kümmern sich nicht um Leichenberge.
Nein, sie zählen nur die Dollar Berge!

Auch bei vielen anderen Fabrikanten-Bossen
wird der Krieg so sehr genossen!

Denn sie können dabei nicht verlieren!
Sie werden alle nur profitieren.

Ein Gewissen!
Wird man bei diesen Menschen vermissen.

Da kommt nur die Antwort! Vieler Menschen Tod,
das ist des Fabrikarbeiters Brot!

Und dann die Kirchen mit ihren scheinheiligen Pfaffen,
die schauen noch zu und segnen die Waffen!

Ist das nun alles im Namen des Herrn?
Das ist nicht die Frage bei diesen Herren.
Die haben nur Kriege zum Dollarzählen gern!

Es ist die Wahrheit, sie werden nur profitieren,
denn diese Herren werden niemals verlieren!

Hamburg, d. 5.5.1999
Eine Satire von Wolfgang F. Fischer
94

Ich bin der Krieg

Oh Welt, wann bist du so weit?
Auf der einen Seite Liebe und auf der anderen nur Streit!

Ich bin der Krieg und ich liebe die Gewalt.
Ich mache Frauen und Kinder kalt!

Ich mag es, wenn Frauen und Kinder von Schmerzen schreien.
Ich schmeiß meine Bomben, um sie zu befreien!

Ich bin der Krieg, ich regiere die Welt.
Denn ich bin gierig nach Macht und Geld!

Ich bin der Krieg von Allah.
Und ich bin der Krieg des Gottes.
Aber ich, der Krieg, führe den Krieg des Spottes!

Krieg ist grausam, aber schon uralt.
Die toten Seelen, die lassen mich kalt.

Die Toten fragen: Krieg, wer bist du?

Ich bin das Kapital! Und ich habe die Macht!
Ich freue mich, wenn der Dollar lacht.

Neugraben, d. 27.3.2003
Ein Gleichnis
von Wolfgang F. Fischer

Ich bin nur ein Mensch

Ich bin nur ein Mensch, der nicht alles versteht.
Auch nicht, wenn es um Krieg und Frieden geht!

Aber es gibt Menschen, die angeblich alles besser wissen.
Sogar die Menschlichkeit wird man bei denen vermissen!

Diese Menschen stellen sich auf einer Stufe mit Gott.
Mit einer Bibel in der rechten Hand.
Doch in der linken, da haben sie eine Atombombe.
Und die Hand ist schon verbrannt!

Er ist der beste Mensch auf der Welt.
Ihr müsst es glauben, auch wenn es euch nicht gefällt!

Es gibt so viele von dieser Kategorie Menschenklasse.
Ich soll sie mögen, auch wenn ich sie hasse!

Und da ist er wieder, dieser Zweifel in mir.
Ich soll sie doch lieben!
Aber wie geht es dir?

Ich bin nur ein Mensch und kann nicht alles verstehen.
Aber warum soll es anderen besser gehen?

Ich bin nur ein Mensch und ich weiß es genau.
Ich bin manchmal dumm, aber auch manchmal schlau!

Ich hoffe doch, dass mich jemand versteht.
Weil es mir dann wieder besser geht!!

Hamburg, d. 12.2.2003
Eine Satire von
Wolfgang F. Fischer

Als ich noch ein Kind war

Ich sah Menschen kommen und sah Menschen gehen,
doch als Kind konnte ich das alles nicht verstehen.

Jetzt bin ich groß und weiß Bescheid:
Es gibt nicht nur Freud, es gibt auch Leid.

Ich sah Menschen lachen und sah Menschen weinen,
mal um diesen, mal um den,
das konnte ich als Kind einfach nicht versteh'n.

Jetzt bin ich groß und habe Mut,
kann alles versteh'n, was der Mensch so tut.

Jetzt bin ich selber manchmal glücklich und manchmal froh
und weine ich selber ganz einfach so.

Jetzt bin ich groß und weiß Bescheid,
es gibt nicht nur Freud, es gibt auch Leid.

Hamburg, d. 30.1.1997
von Wolfgang Fischer

Die Zeit vergeht

Gestern war ich noch ein Kind,
doch wo sind die Jahre?
Sie sind verflogen wie im Wind!

Wie viele Ehen wurden geschlossen?
Und wie viele Tränen wurden deshalb vergossen?

Wie viele Sünden wurden begangen?
Wie oft war der Himmel deswegen verhangen?

Das Leben!
War es nur ein Spiel?
Was hat das Dasein für ein Ziel?

Auch die Jugend war so schnell verflogen!
Hat man uns mit ihr betrogen?

Das Alter naht! Die Zeit vergeht!
Bald sind vom Winde wir verweht!

Gestern war ich noch ein Kind!
Wie schnell doch die Jahre vergangen sind!

Ein Gedicht, geschrieben für meine Mutter
zum 87.Geburtstag

Hamburg, d. 18.11.1999
Von Wolfgang F.Fischer

Der Kinderschänder

Oder: Die Schande an sich

Ich bin ein Mann!
Und trotzdem klage ich an.

Ich verklage Männer, die Schweine sind.
Die sich vergreifen an einem Kind.

Es sind meist Männer mit einem kranken Hirn.
Die meisten von denen tragen einen Anzug aus gutem Zwirn!

Diese Männer hassen es, wenn Kinderaugen strahlen.
Nein, sie ergötzen sich an deren Qualen.

Als guter Onkel schleichen sie sich an Kinder ran.
Und missbrauchen sie dann!

Lässt dieses Schwein dann doch ein Kind entkommen,
dann hat es Schaden an Leib und Seele genommen!

Man darf trotzdem nicht sagen, diese Männer seien doch krank.
Nein, sie gehören ins Zuchthaus! Ein Leben lang!

An die Eltern denkt keiner, wie die sich grämen.
Ihr miesen Schweine! Ihr solltet euch was schämen.

Und trotzdem haben diese Menschen mehr Rechte
als diese Kinder!
Aber dass kein Richter das merkt,
das ist noch viel schlimmer.

Dass diese Männer keine Menschen sind, das merkt auch ein Blinder!
Oder haben diese Herren Richter alle keine Kinder?

Hamburg, d. 6.9.1999
Ein wahres Gedicht von Wolfgang F. Fischer

Kinderpein

O Kind, was musst du alles nur ertragen,
bis du groß bist, musst du dich noch lange plagen.

Du wirst geschändet und geschlagen
und musst so manche Pein ertragen.

Deine Kinderaugen klagen an,
was hat man dir nur angetan?

Deine Seele hat man dir aus dem Leib gerissen,
und Liebe musst du ganz und gar vermissen.

Du kannst nichts dafür, dass du geboren bist,
doch obwohl du da bist, wirst du nicht vermisst!

Ein Unglück hat man dich genannt,
dass du Liebe brauchst, das hat man nicht erkannt.

Noch viele Jahre musst du Leid ertragen,
nach Liebe brauchst du gar nicht fragen.

Doch wenn du groß bist, du geschlagenes Kind,
und deine Eltern einmal nicht mehr sind,

dann kannst du vielleicht einmal verzeihen
und kannst deine Seele somit befreien.

Für alle gepeinigten Kinder dieser Welt!

Hamburg, d. 26.3.1998
von Wolfgang Fischer

Das Kind

Möchte alles wissen!
Muss das sein?
Zu fragen, nach dem dem Warum
Doch wenn ich nicht frage, bleibe ich doch dumm.

Alle Kinder stellen Fragen.
Wieso, weshalb,
warum bekommt die Kuh ein Kalb?

Sie fragen einem ein Loch in den Bauch.
Mama, hat der Papa so was auch?

Man weiß es als Eltern manchmal selber kaum.
Da kommt schon die nächste Frage:
Wie alt wird ein Baum?

Mein liebes Kind, ich will es dir sagen!
Aber bitte stell nicht so viele Fragen.

Wir haben unsere Kinder wirklich gern.
Aber es fragt schon wieder: Warum leuchtet ein Stern?

Und trotzdem lieben wir unsere Kinder sehr.
Und wir denken im Stillen: Hoffentlich fragt es nicht mehr!

Aber scheinheilig, da sagen wir noch:
Wenn du etwas nicht weißt, dann frage doch.

Und plötzlich, da sagt dein Kind,
und es schaut dich an, als rede es mit dem Wind:

Mama, Papa! Wenn ich nicht frage.
Dann bleibe ich doch dumm?
Bei dieser Frage, schauen sich beide Eltern an.
Und sie bleiben stumm!

Hamburg, d. 8.1.1999
Ein Gedicht von Wolfgang F. Fischer

Mutterliebe! Es rauscht der Wind!

Mein liebstes Kind, hörst du, es rauscht der Wind.
Mein Kind hört mir zu und schaut mich groß an.
Ob mein Kind mich wohl verstehen kann?
Es sieht mich an und grinst ganz bestimmt,
ich glaube, es weiß, es rauscht der Wind!

Mein Kind ist sehr schlau, das weiß auch der Wind,
und nur eine liebende Mutter, mein Kind.
Mein Kind ist das Liebste noch vor einem Mann,
was nur eine liebende Mutter verstehen kann.

Mein Kind ist so klein und versteht mich genau.
Mein Kind schaut mich an und grinst immer noch.
Mein liebstes Kind, hörst du, es rauscht der Wind!

Ein Jahr ist mein Kind und hört es genau, es rauscht der Wind!
Mein Kind ist so schlau, das weiß eine liebende Mutter genau,
denn ich liebe dich, mein Kind, und es rauscht immer noch der Wind!

Hamburg, d. 24.6.1997
von Wolfgang Fischer

Ein Kind der Traurigkeit

Du wurdest geboren als uneheliches Kind,
wie es so viele auf dieser Erde sind!
Deinen Vater hast du nie gekannt,
deine Mutter hat dich gleich verbannt.

Ins Heim bist du dann gekommen,
da hat man dich auch aufgenommen,
aber Liebe hast du nicht bekommen,
du warst ein Kind der Traurigkeit.

Den Schwestern tatest du auch Leid;
man hat dich auf den Arm genommen,
aber Liebe hast du nie bekommen.
Du warst ein Kind der Traurigkeit,
man hatte für dich keine Zeit.

Es waren zu viele, die traurig waren,
die selber uneheliche Kinder waren.
Für dich hatte man keine Zeit.
Es waren zu viele Kinder von Traurigkeit!

Und trotzdem bist du groß geworden
und hast vergessen die traurige Zeit.
Auch Liebe hast du nie bekommen
und bist doch für sie bereit.

Denn deine Liebe willst du geben
dem Kind, das du einmal selber hast.
Es soll nicht so wie du mal werden;
was du selber einmal warst!

Denn Liebe hast du nie bekommen,
warst ein Kind von Traurigkeit,
aber du, du kannst verzeihen,
bist zur Liebe selbst bereit.

Denn Liebe hast du nie bekommen,
du warst ein Kind der Traurigkeit!

Hamburg, d. 12.8.1997
von Wolfgang Fischer

Unsere Kinder

Das Glück der Zukunft

Unsere Kinder, das Wertvollste,
was wir als Eltern besitzen.
Noch wertvoller als Jade oder Brüsseler Spitzen!

Kinder sind wertvoller als Gold.
Sie sind so mächtig wie Strom von fünftausend Volt.

Kinder bringen den Menschen Liebe.
Sie verdienen keine Hiebe!

Kinder sind in ihren Herzen sauber und rein.
So sollten auch wir Eltern sein.

So wie wir Eltern, so wird auch dein Kind.
Immer im Glauben, dass wir gute Eltern sind!

Wir Eltern haben es in der Hand,
dass unsere Kinder Menschen werden
mit viel Herz und viel Verstand!

So dass sie alle Menschen achten
und keinem nach seinem Leben trachten.

Neugraben, d. 31.5.2002
Ein Gedicht von Wolfgang F. Fischer

Kinderglück

Ein herzliches Kinderlachen.
kann den Eltern so viel Freude machen!

Ein glückliches Kind,
das draußen spielt! Bei Regen und Wind.

Kinder sind das Glück dieser Welt!
Die Hasser sagen: Die kosten doch nur Geld!

Kinder, die in Liebe groß geworden,
die werden keine Menschen morden!

Kinder sind das Größte hier auf Erden.
Sie dürfen nicht geschlagen werden!

Kinder sind klein mit einem großen Herzen.
Sind immer aufgelegt zu Scherzen.

Schenkt Kindern Liebe! Und mit ein bisschen Glück
bekommt man es doppelt zurück!

Geschundene Kinder die können nicht lachen!
Sie werden auch keine Freude machen.

Weil nur glückliche Kinder zufrieden sind!
Nur sie können sich freuen
wie ein richtiges Kind.

Nur strahlende Kinder
sind das Glück dieser Welt!
Das bekommt man nicht für Gut und Geld!

Ein Gedicht für unsere Kleinsten
Hamburg, d. 10.10.1999
von Wolfgang. F. Fischer

Die Angst, groß zu werden

Immer und ewig ein Kind möcht' ich sein,
ich möchte nicht groß sein, bloß das nicht, oh nein!

Ich habe Angst, erwachsen zu werden.
Ich habe Angst, auf einem Kriegsfeld geschlachtet zu werden!
Erwachsene Menschen sind grausam und furchtbar gemein.
Sie schlagen sich gegenseitig die Köpfe ein.

Sogar Kinder werden im Kriege nicht verschont.
Nein, denn der Soldat wird für seine Tat noch belohnt!

Er bekommt sogar einen Orden
fürs Viele-Menschen-Morden.

Und das alles für die Ehre Gottes.
Obwohl das alles der größte Spott ist!

Ich wünschte, ich bliebe ewig ein Kind.
Weil wir Kinder die ehrlichsten Menschen sind!

Ich bin noch klein,
aber ich habe Angst vor dem Erwachsensein!

Ein zeitgemäßes nachdenkliches Gedicht
für unsere Kinder
Hamburg, d. 22.9.2001

Des Lebens Sinn

Was ist der Sinn, des Lebens?
Viele suchen ihn, aber sie suchen vergebens!

Diese Menschen werden auch weiter suchen,
aber ihn niemals finden und sie werden fluchen!

Der eine säuft Bier und der andere trinkt Wein!
Und sie fragen sich beide: Soll das der Sinn des Lebens sein?

Der eine geht arbeiten und sieht darin keinen Sinn.
Denn er hat doch so wenig in der Lohntüte drin!

Die anderen haben viele Kinder, die fürchterlich schreien.
Soll das Sinn des Lebens sein?

Und der Junkie nimmt Drogen!
Und er fühlt sich mit seinem Leben betrogen.

Der Gläubige tut beten und wird jeden Tag zur Kirche gehen.
Aber ob das der Sinn der des Lebens ist?
Das kann nur er verstehen!

Jeder Mensch sucht den Sinn seines Lebens.
Viele finden ihn! Aber die meisten suchen vergebens.

Jeder Mensch ist glücklich in seinem Sinn.
Und wer ihn nicht findet, ist sowieso schon hin!!

Hamburg, d. 5.7.2000
Ein Gedicht
von Wolfgang F. Fischer

Die Sonne

Die Mutter allen Lebens!

Die Sonne bringt es an den Tag,
deswegen ich den Frühling mag.
Die Sonne lässt die Gräser sprießen
und der Regen muss sie gießen!
Wenn die Sonne so richtig lacht,
das Leben so viel Freude macht.
Es ist schön, wenn die Sonne scheint,
so viele Menschen sie vereint!
Die Sonne ist die Kraft unseres Lebens,
würde sie nicht scheinen, wären wir auf Erden
vergebens!
Wenn die Sonne mal nicht mehr scheint,
ist der Mensch traurig und er weint!
Drum lasse die Sonne in dein Herz,
dann vergisst du so manchen Schmerz.
Drum merke:
Wenn es die Sonne nicht würde geben,
würden wir alle nicht mehr leben!

Eine Ode an die Sonne
10.2.2001 von W.F. Fischer

Unser Neugraben

In Neugraben, da bin ich nicht geboren!
Nicht einmal vor Hamburgs Toren!

Ich bin aus Ostpreußen, auch aus einem
schönem Land.
Aber nach Neugraben hat es mich verbannt!

Wo ich nun schon seit Jahrzehnten wohne.
Denn Neugraben ist auch nicht ohne!

Denn in Neugraben zu leben, das ist doch schön.
Aber das kann nur ein Neugrabener verstehen.

Neugraben hat die Fischbecker Heide.
Und reichlich Natur.
Sogar die Menschen sind hier nicht so stur!

Sogar die Kaufleute in Neugraben
sind freundlich und nett.
Darum ist in Neugraben so fast alles komplett!

Neugraben, d. 18.6.2001
Ein Gedicht
Von Wolfgang Fischer

*Dieses Gedicht habe ich zum Stadtteilfest „Neugraben erleben" geschrieben und auf
der NDR-Bühne gelesen!*

Der Spieler

Heute oder morgen, einmal muss es doch geschehen.
Entweder ich gewinne
oder ich werde untergehen.

Das Schicksal spielt so manchen Streich!
Den einen macht es arm.
Den anderen macht es reich.

Das ist nun mal im Leben so.
Den andern geht es ebenso

Heute oder morgen, einmal muss es doch geschehen.
Entweder ich gewinne
oder ich werde untergehen.

Ich spiele meine Karten
und spiel den Trumpf zuletzt.
Entweder ich gewinne, oder ich habe mich verschätzt!

Heute oder morgen, einmal muss es doch geschehen.
Entweder ich gewinne
oder ich werde untergehen.

Nur einer kann der Sieger sein, das ist im Leben so.
Doch sollte ich gewinnen,
dann macht mich das auch froh!!

Ein Gedicht oder auch ein Lied
von Wolfgang Fischer
23.8.2001

Der Euro ist da

(1.1.2002)

Hip hip hurra,
der Euro ist da!

Ich weiß nicht, soll ich mich nun freuen,
oder soll ich den Euro scheuen?

Wird er nun hart oder ganz weich,
oder spielt er uns allen einen Streich?

Oder wird er ganz Europa nun vereinen,
wird er so stark, dass wir nicht mehr um die D-Mark weinen?

Wird er so stark, dass wir den Dollar überholen,
mit allen Ländern, so wie mit
Russen, Tschechen, Ungarn und auch Polen!

Arbeitsplätze soll der Euro schaffen.
Aber hoffentlich nicht zum Kauf von Superwaffen!

Frieden soll der Euro bringen,
hoffentlich wird das gelingen.

Frieden soll der Euro bringen, auf der ganzen Welt,
erst dann ist der Euro ein gutes Geld.

Der Dollar hatte eine große Macht,
hat aber Unglück nur über die Welt gebracht!

Dem Euro soll es nun gelingen,
er soll Glück und Frieden, der ganzen Erde bringen!

Eine Ode an den jungen Euro

Der zukünftigen Weltwährung
Neugraben, d. 1.1.2002
von Wolfgang F. Fischer

Neugraben erleben

Neugraben ist nicht das große Tor zur Welt!
Auch Neugraben erleben kostet nicht das große Geld.

Neugraben ist, wie die Menschen hier sind.
Mal Regen und mal Sonne und auch mal wie ein stürmischer Wind!

Neugraben ist wie der Kinder Geschrei.
So wie die Markttage, die so schnell sind vorbei!

Neugraben ist klein, aber trotzdem oho.
Das macht die Menschen, die in Neugraben wohnen, so lebensfroh!

Neugraben, d. 16.6.2002
Ein Gedicht
von Wolfgang F. Fischer

Anlass: Stadtteilfest

Des Wassers Macht

Im Jahr zweitausendzwei,
da kam die Jahrhundertflut.
Das Wasser hat nicht gefragt,
ob schlecht oder gut!

Es machte alles dem Boden gleich.
Es hat nicht gefragt, ob arm oder reich.

Doch die Menschen hielten zusammen, wie es noch niemals war.
Wie eiserne Ketten, und sie bannten die Gefahr!

Sie haben geweint und auch manchmal gelacht.
Und keiner hat nur an sich gedacht!

Es war wie Krieg, hat so manch ein älterer Mensch gesagt.
Aber glaubt mir, keiner von diesen Menschen hat sich dabei
beklagt.
Das Wasser schlug erbarmungslos zu.
Nicht einmal die Toten hatten ihre Ruh!

Doch der Mensch war stärker gegen des Wassers Macht.
Denn sie hielten alle zusammen, sonst hätten sie das nicht
geschafft.
Nur die Liebe füreinander kann das vollbringen.
Nur dann kann man des Wassers Macht bezwingen!

Ein nachdenkliches Gedicht nach wahren Begebenheiten, im August 2002
von Wolfgang F. Fischer, 1.9.2002, Hamburg

Anlass dieses Gedichtes war die große Flut im Osten unseres Landes!

Unsere Heimat – Neu Wulmstorf

Aus Ostpreußen, da sind wir hierher gekommen!
Wir hatten den Weg übers Meer genommen.

1945 in einer dunklen Frühlingsnacht
haben wir uns zur Flucht auf den Weg gemacht!

In einem kleinen Fischerboot in Richtung Heiligenhafen.
Wir hatten nächtelang schon nicht mehr geschlafen!

Mit einem Zug nach Hamburg sind wir dann gefahren.
Ihr müsst wissen, das war vor siebenundfünfzig Jahren!

In Hamburg-Fischbek, in einer Wellblechbaracke,
da taten wir nun landen,
weil wir keine richtige Wohnung fanden.

Es war schon hart, damals das ganze Leben.
Auch zu Essen hat es wenig gegeben!

Ein Bauer aus Neu Wulmstorf,
der hat uns damals aufgenommen,
und so sind wir
zu einer kleinen Wohnung gekommen!

So nach fünf Jahren fing man an, überall zu bauen.
Und so gingen auch wir nach einer größeren Wohnung schauen!

Inzwischen waren wir ja schon vier!
Drum hatten wir beschlossen: Das wird unsere neue Heimat hier!

Und so taten wir in Neu Wulmstorf landen,
wo wir bis heute unsere neue Heimat fanden!

Ein Gedicht über die Heimat, von Wolfgang F. Fischer,
dem schreibenden Cowboy
Neugraben, d. 17. 9. 2002
Auch ich aus Königsberg/Ostpreußen habe meine Heimat
in Hamburg Neugraben gefunden!

Dieses Gedicht habe ich aus dem Anlass geschrieben: In Neu Wulmstorf wurde eine
Ausstellung über die Heimat eröffnet, wo auch dieses Gedicht wochenlang aushing
in DIN A3.

Geschichten für große und kleine Kinder!

Die Geschichte vom Struntz

– Kindergeschichte oder Märchen –

Ein Struntz lebt tief in der Erde, macht Winterschlaf und ist auch im Sommer sehr selten zu sehen. Wenn man einen Struntz sehen möchte, muss man sehr früh aufstehen. Denn ein Struntz kommt nur einmal im Monat aus der Erde. Nur bei Sonnenaufgang, nur dann, wenn die Sonne ganz rot aufgeht.

Als ich noch klein war, bin ich einmal mit meinem Vater auf Struntz-Suche gegangen. Um einen Struntz aus der Erde zu locken, muss man einen Trick anwenden. Da braucht man eine englische Trillerpfeife von einem englischen Polizisten, denn ihr müsst wissen, Struntze hat es früher nicht in Deutschland gegeben.

Die sind nämlich auf einem Brett über das Meer geschippert, und nun haben sich ein paar Einzelne im Wald angesiedelt.

Nun wollt ihr sicherlich wissen, wie der Struntz aus der Erde kommt. Ihr habt sicherlich schon gemerkt, dass dies was mit der Trillerpfeife zu tun hat.

Man muss dreimal pfeifen, auf einmal kommt der Struntz aus der Erde. Natürlich nur im Sommer und wenn die Sonne ganz rot aufgeht, dann sieht man den kleinen Struntz.

Er ist sehr niedlich, man könnte meinen, es wäre ein Kaninchen, aber dies stimmt nicht, denn ein Struntz hat acht Unterbeine und ein Bein auf dem Rücken, denn ein Struntz hat sehr lange Ohren, und wenn dem Struntz die Ohren jucken, braucht er natürlich ein Bein auf dem Rücken. Nun solltet ihr auch einmal mit eurem Vater in den Wald gehen, um einen Struntz zu suchen.

Aber ihr müsst darauf achten, dass die Sonne ganz rot aufgeht, und nicht die Trillerpfeife vergessen.

Hamburg, d. 31.1.1997
von Wolfgang Fischer

Das Porzellanschweinchen

– Eine Kindergeschichte –

Es begab sich zu Meißen 1897, als Meister Knete noch lebte. Meister Knete war nämlich ein ganz berühmter Porzellanformer! Als Meister Knete eines Tages gerade ein Porzellanschweinchen formte und das Schweinchen gerade fertig geworden war, wunderte sich Meister Knete. Hat sich da nicht gerade das Schweinchen bewegt? Er wollte es gerade in den Ofen schieben, um es zu brennen. Da fing das Schweinchen plötzlich auch noch an zu sprechen. Wie konnte so etwas nur passieren? Das Schweinchen sagte: „Steck mich bloß nicht in den Ofen. Sonst würde ich verbrennen!" Meister Knete war sehr erschrocken. Er hatte so viele Figuren hergestellt, aber noch nie hatte eine davon gesprochen. Aber diesmal war alles ganz anders. Meister Knete formte das Schweinchen mit sehr viel Liebe, denn die Leute redeten lange schon, Meister Knete werde seinen Figuren noch Leben einhauchen. Seine Figuren sahen tatsächlich so aus, als würden sie leben! Denn Meister Knete hatte wirklich begnadete Hände. Da war es nicht verwunderlich, dass eines Tages so etwas passieren würde. Bis Meister Knete vor lauter Schreck alles begriffen hatte, war das Schweinchen vom Tisch gesprungen, um nicht in den Ofen zu kommen. Es rannte vor lauter Angst im Töpferraum hin und her, bis Meister Knete sich gefangen hatte und dies bemerkte. Er fing es ein und hat es erst einmal beruhigt. Nun wollte Meister Knete vom Schweinchen wissen, wie es dazu kommen konnte, dass es lebendig geworden war. Es lag natürlich auch am besonderen Ton, den Meister Knete aus einer besonderen Tongrube hatte. Denn dieser Ton war Millionen Jahre alt! „In diesem Ton waren wohl viele Urschweinchenseelen gefangen", meinte das Porzellanschweinchen. „Mit deiner Hilfe und dem guten Ton bin ich wohl zum Leben erweckt worden." Das Porzellanschweinchen blieb bei Meister Knete und hatte es sehr gut bei ihm. Sie sind beide sehr alt geworden und haben sich sehr gut verstanden. Meister Knete hat noch sehr viele Figuren geschaffen, aber nie mehr hat eine davon gelebt. Sie sehen aber alle so aus, als würden sie leben.

Ende

Hamburg, d. 11.8.1997
von Wolfgang Fischer

Der Gartenzwerg

– Eine Kindergeschichte –

Der Gartenzwerg Emil stand schon sehr lange bei Opa Harms im Schrebergarten. Es müssten so etwa 30 Jahre sein. Er war ja eigentlich ein stattlicher Zwerg von einem Meter Größe, und von diesem Standpunkt aus konnte ihm nicht viel passieren. Trotzdem war er nicht zufrieden. 20 Jahre ging es ihm eigentlich sehr gut, doch die letzten zehn Jahre war es fürchterlich. Eines Tages im Mai ging das Theater los, was ihn so fürchterlich peinigte. Oma Ebers hatte sich einen Dackel angeschafft! Man konnte es ihr auch nicht übel nehmen, denn sie war ja schließlich immer so alleine. Ab diesem besagten Monat Mai fing die Leidenszeit von Emil an. Der Dackel hieß auch noch „Purzel". Oma Ebers schickte ihren Purzel jeden Morgen zum „Gassi gehen" nach draußen. Oma Ebers sagt nun schon seit zehn Jahren: „Purzel, geh Pipi machen." Und wo ging Purzel hin? Natürlich in Opa Harms' Garten, und Zwerg Emil musste leiden. Ihr könnt euch natürlich denken, wo Purzel Pipi macht, oder? Natürlich gegen Zwerg Emils Bein, und er hatte doch früher solche hübschen Beine! Natürlich hatte er eine Hose an und sogar eine sehr leuchtend rote Hose. Aber von diesem leuchtenden Rot war nicht mehr viel übrig geblieben. Nach zehn Jahren „Beinwäsche" von Purzel waren Emils Beine jetzt grau geworden.

Opa Harms hatte von all dem nichts bemerkt, denn er schlief immer sehr lange. Opa Harms machte sich aber doch Gedanken, warum Emil wohl so grau geworden war. Er gab dem Wetter die Schuld, denn er stand ja schon 30 Jahre an ein und derselben Stelle. Das war ja noch nicht einmal das Schlimmste! Vor zehn Jahren kam man auch noch auf die Idee, bei Opa Harms einmal im Jahr ein großes Grillfest zu feiern. Es war zum Erntedankfest. Da ging es auch immer lustig zu, denn jeder konnte prahlen, wer wohl den größten Kürbis hatte oder die größten Gurken. Aber an Zwerg Emil hatte keiner gedacht. Diese Grillfeste waren Emils Leidenszeit, denn was macht man, wenn man feiert? Es wird viel getrunken. Männer trinken viel Bier, und was gab es nicht bei Opa Harms? Es gab keine Toilette. Die war ein Stückchen weiter hinten im Schrebergarten. Mädchen und Frauen gingen natürlich dorthin, aber die Männer mussten ja zu oft. Was lag wohl näher? Die Toilette oder Zwerg Emil? Ihr könnt es schon denken, was Emil da alles ertragen musste. Natürlich nur, wenn es dunkel war. Es waren schreckliche zehn Jahre für

Zwerg Emil. Da kam ihm der Zufall zur Hilfe: Würfel, der Maulwurf, machte all dem ein Ende. Er wühlte schon seit einer Woche im Garten umher, und das war Emils Glück! Er war umgekippt und bekam dadurch einen anderen Standplatz, und mit Dackel Purzel hatte es auch ein Ende, denn der war auch schon alt, und morgens war auch das „Pipi" zu Ende. Oma Ebers kaufte sich einen neuen Hund. Einen kleinen Pudel, aber der hat den Weg zu Emil wohl nicht gefunden. So hat Emil noch ein paar „pipifreie" Jahre überlebt.

Hamburg, d. 11.9.1997
von Wolfgang Fischer

Kikeriki, der Hahn

– Eine Kindergeschichte –

Kikeriki war ein stolzer Hahn. Er hatte schließlich fünfzig Hühner und noch drei Gockel unter seinem Kommando. Er hatte ja auch das Glück auf seiner Seite. Als er im heranwachsenden Alter war, sagte Bauer Stoppelacker: „Das wird einmal ein stolzer Hahn!" So war es dann ja auch. Als er gerade sechs Wochen alt war, wurden die Hähne aussortiert. Ihm kam sein gutes Aussehen zugute, und außerdem konnte er noch am besten krähen. So kam es, dass er nach sieben Monaten der „Oberkikeriki" wurde. Aber so einfach war das nun doch nicht. Erst einmal musste er noch drei Gockelkämpfe bestehen, denn so schnell wird man nicht „Obergockel", denn Bauer Stoppelacker hatte eben beschlossen, noch drei andere Hähne zu behalten. Die anderen zwanzig Hähne wurden verkauft. Diese vier Hähne mussten jetzt unter sich ausmachen, wer der Obergockel wird, und das war Kikeriki. Er war der Stärkste und er konnte am lautesten krähen. Die ein Jahr älteren Hühner waren sowieso auf seiner Seite. Einen so hübschen Hahn hatten sie schon lange nicht mehr gehabt.
Kikeriki musste nun jeden Tag aufs Neue beweisen, dass er der Boss war, denn so eine Hühnerschar ist nicht leicht zu regieren. Er musste jeden Tag aufpassen, dass die anderen drei Gockel nicht zu frech wurden. Sie haben jeden Tag versucht, ihn vom Kikerikithron zu stoßen.
Es kam auch mal vor, dass sich ein Habicht ein junges Huhn zum Frühstück holen wollte und es schon in seinen Krallen hatte, aber Kikeriki hatte so gute Augen, dass er so was sofort sah. Schnelle Beine hatte er auch, so dass der Habicht ohne eines seiner Hühner wieder wegfliegen musste, denn Kikeriki war immer der Sieger.
Obwohl die Wiese, auf der die Hühnerschar tagsüber lebte, so groß war, hatte er doch den Überblick. Welches Glück seine Hühner doch hatten. Sie waren schließlich Freiland- und keine Gefängnishühner. Und trotzdem, obwohl er so sehr aufpasste, fehlte ihm schon wieder ein Huhn. Er zählte jeden Tag seine Hühner. Kik, kik, kik. Trotzdem, es waren nur neunundvierzig. Drei Wochen später, kik, kik, kik, schon wieder fehlte eines seiner Hühner! Er zählte seine Hühner bisher nur am Tage, hätte er sie doch bloß mal am Abend gezählt, dann wäre ihm aufgefallen, dass Bauer Stoppelacker etwas mit dem Verschwinden zu tun hat. Alle drei bis vier Wochen war ein fürchterliches Gegackere in seinem Stall. Immer abends, wenn die Hühner schon eingeschlafen waren, kam der Hühner-

dieb. Kikeriki konnte ja nicht ahnen, dass sein bester Menschenfreund, Bauer Stoppelacker, der Dieb war.

Es war nun ein Jahr ins Land gegangen, und Kikeriki hatte nur noch vierzig Hühner zu beschützen. Doch eines Tages, als er wieder einmal seine Hühner zählte, waren es wieder fünfzig. Was war passiert? Bauer Stoppelacker hatte ihm zehn junge Hühner dazugegeben. Eines Tages war Kikeriki ganz schön sauer, denn Bauer Stoppelacker stand schon wieder in seinem Stall, und es gab wieder Krach und ein „gag, gag, gag". Als Kikeriki am nächsten Morgen seine Hühner zählte, „kik, kik, kik", da entdeckte er, dass seine beste Freundin Hühnerle fehlte. Sie war seine Lieblingsfreundin, der er so manch einen leckeren Regenwurm zugeschoben hatte. Aber so ein Hahn, wie er es war, hatte schließlich noch mehr zu tun. Zwei seiner Gockel, die seine Untertanen waren und auf die er aufpassen musste, waren schon in Bauer Stoppelackers Kochtopf gelandet. Eines Tages war auch der dritte Hahn verschwunden. Kikeriki dachte, er hätte nichts mehr zu befürchten, denn er war schließlich alt geworden. Fünf Jahre als stattlicher Hahn sind schon allerhand. So geschah es, dass eines Abends der Bauer Stoppelacker im Stall stand, und es ging wieder „gag, gag, gag". Dieses Mal ging es ihm selber an den Kragen. Aber zum Glück war Kikeriki mit seinen Gedanken bei seiner zweitbesten Freundin „Hühnerbraut". Diese war gerade den zehnten Tag am Brüten, und er hoffte, dass sein Sohn Kikeriki II eines Tages so wie er alle Kämpfe überstehen würde. Er sollte genau so ein stattlicher Hahn werden, wie er es einmal war. Bauer Stoppelacker und seine Hühner würden stolz auf seine Hühner sein. Als er diesen Gedanken zu Ende gedacht hatte, war es auch mit ihm zu Ende. Er landete noch nicht einmal in Bauer Stoppelackers Kochtopf, denn er war schon zu alt und wurde daher verkauft. Er kam in ein Museum, wo man ihn ausgestopft bewundern kann. Das ist schon schmählich, aber er konnte nichts mehr ändern.

Hamburg, d. 1.10.1997
von Wolfgang Fischer

Würmely, der Regenwurm

– Eine Kindergeschichte –

Würmely war ein großer, dicker Regenwurm. Er lebte schon zwei Jahre in dem kleinen Garten im Hinterhof von Opa Meier.
In diesem Garten gab es reichlich Arbeit für Würmely, natürlich nicht nur für ihn allein. Es waren schließlich Hunderttausende seinesgleichen, und alle waren sie untereinander verwandt oder verschwägert. Sie haben da alle geackert und gebuddelt, so dass der Rentner, Opa Meier, nicht mehr so viel zu graben brauchte.
Es gab in dem Garten von Opa Meier auch noch so viele andere Tiere. Da waren zum Beispiel Drosseln, die seinem Stamm nach dem Leben trachteten. Wie so oft musste er sich unter einem Stein verstecken und hatte noch Glück damit. Das war natürlich noch nicht alles. Da gab es auch noch den Igel und den Maulwurf, welche auch immer hinter Würmely und seiner Sippe her waren. Diese Tiere kannte Würmely schon und konnte sie einschätzen und sich rechtzeitig verstecken.
Doch bei Opa Meier, der auch noch Angler war, war das anders, da wusste man nie, wo er mit seinem Spaten zustechen würde. Er hatte da immer so eine große Brotdose, in die er etliche Würmer hineinsteckte. So manch einen seiner Verwandten hatte er auch zweigeteilt, natürlich nicht mit Absicht, aber es passierte eben. Doch eines Tages war es auch mit seinem guten Gartenleben vorbei. Er landete in Opa Meiers Brotdose. Das war doch wirklich ein ekelhaftes Erlebnis, denn so kannte er sein Wurmdasein überhaupt nicht. In dem großen Garten war immer reichlich Platz. Nun lag er da in der Brotdose schon zwei Tage im Sägemehl. War das ein Gewühle und eine furchtbare Drängelei. Doch am dritten Tag seines Dosendaseins glaubte er, seine Freiheit wiederzuerlangen, denn Opa Meier ging zum Angeln. Das war natürlich ein schöner Sonntagmorgen, aber nicht für Würmely. Er hatte sich reichlich geirrt, als er glaubte, er würde freigelassen. Dem war aber nicht so. Was passierte da auf einmal mit ihm? Das war ja noch schlimmer, als unverhofft mit dem Spaten gespalten zu werden. Er kam auf einen Angelhaken und wurde bei lebendigem Leibe ins Wasser geworfen. Das war für einen Wurm wirklich das Letzte. Eine halbe Stunde sollte es noch dauern, bis seine Lebenszeit zu Ende war. Doch dann kam für ihn keine Erlösung, sondern ein großer, fetter Karpfen schnappte nach ihm, und schwupp, war er in seinem Maul verschwunden.

Das war auch gut für ihn, denn als Regenwurm ersaufen zu müssen, war auch nicht gerade schön, dann lieber von einem Karpfen gefressen werden. Das war ja auch seine Bestimmung, von andern Tieren gefressen zu werden. Er hatte ja zwei herrliche Jahre in Opas Garten verbracht. Würmely hatte sein Leben für einen guten Zweck gelassen, denn so einen großen Karpfen hatte Opa Meier noch nie gefangen. Gut geschmeckt hatte er auch noch!

– Euer Würmely aus dem Würmerhimmel –

Hamburg, d. 30.1.1998
von Wolfgang Fischer

Die Briefmarke

– Eine Geschichte für Kinder und Erwachsene –

Wie eine hübsche Briefmarke zur Collage wurde!
Eines Tages, es ist schon eine lange Zeit her, da hörte ich ein furchtbares
Jammern. Ich habe dem weiter keine Beachtung geschenkt und dachte mir,
dieses Jammern wird schon wieder vergehen. Doch dem war nicht so.
Einige Tage später wieder das Gleiche, bis ich der Sache nachging, um zu
sehen, wo dieses klägliche Jammern wohl herkäme. Ich brauchte gar nicht
lange zu suchen, denn dieses komische Geräusch kam aus meinem
Briefmarkenschrank. Ich mache die Tür auf, und was musste ich da sehen!
Die Briefmarken waren alle aus dem Album gefallen oder rausgesprungen
und jammerten fürchterlich. Sie würden nicht länger im Schrank und im
Album bleiben. Sie fingen an durcheinander zu erzählen, wie schwer sie es
doch hätten.
Die anderen Marken dürfen auf einem Brief Reisen unternehmen und
hübsche Stempel bekommen. Sie würden dann manchmal einige Tage
unterwegs sein. Sie wetterten und schimpften, was das doch für eine
ungerechte Sache wäre.
Da bäumte sich der Kinderblock auf und versuchte sich groß zu machen!
Wir müssen doch immer nur im Dunkeln liegen und werden mit viel Glück
einmal im Jahr rausgeholt. Dann kommen wir für einige Minuten an die
frische Luft, wetterte der Kinderblock. Das wäre eine große
Ungerechtigkeit. Ich hörte mir das Geschimpfe eine ganze Zeit an und
versprach ihnen, Abhilfe zu schaffen.
Tagelang habe ich gegrübelt, was ich da nur machen könnte. Sogar in
meinem Schrank war es wieder ruhig geworden. Da hatte ich nach einigen
Tagen die Idee!
Ich machte den Schrank auf, und der Kinderblock schmiss sich sofort in
Pose. Ich sagte: „Ich habe eine gute Nachricht für euch! Ich werde einige
von euch zu einer Collage machen."
Ich erklärte ihnen den Vorgang.
„Einige von euch werden auf ein schönes Blatt Papier kommen. Die
werden dann auf Reisen geschickt und bekommen einen wunderschönen
Stempel. Sie werden eingerahmt und an die Wand gehängt. Später werde
ich dafür sorgen, dass einige von euch immer eine Reise machen dürfen,
und ich werde dafür sorgen, dass abwechselnd die Schönsten von euch
ausgestellt werden."

Der Kinderblock fing laut an zu schreien, weil er dachte, dass er der Schönste sei: „Ich möchte aber der Erste sein."
Es gab noch eine lange Diskussion, bis alle Marken zufrieden waren. Ich habe mich an meine Absprache gehalten und immer wieder einige Marken auf Reisen geschickt.
Die Briefmarken sind zufrieden, und ich habe meine Freude, dass ich mit ihnen Ausstellungen machen darf.

Die Briefmarke – Die Geschichte habe ich anlässlich einer Ausstellung geschrieben und auch vorgelesen!

Hamburg, d. 16.4.1998
von Wolfgang Fischer

Was ist schon Kunst

Zum Künstler hat man mich gemacht,
denn daran hab' ich früher nie gedacht.
Nun bin ich froh und freue mich sehr,
denn ohne Presse wären diese Wände leer.
Das spornt mich an zum Weitermachen,
auch wenn so manche Leute darüber lachen.
Denn diese Leute sind mein Gewinn,
und sie gehen wieder einmal hin,
um zu sehen, was der Künstler da hat gemacht.
Und dann wird gegrübelt und nicht mehr gelacht.
Denn so habe ich mir das auch gedacht,
dass der eine grübelt und der andere lacht.
Denn wir sind alle nur Kinder auf Erden,
um zu lachen und bewundert zu werden.

Hamburg, d. 21.2.1997
von Wolfgang Fischer

Pepino

Pepinos Leben in der Gummibaum-Plantage

In Indonesien, am Rande einer großen Gummiplantage.
Da lebte Pepino, ineiner kleinen Hütte.
Mit seiner Oma und seiner Mutter ganz alleine.
Siewaren sehr arm.
Sie musste für den Gummi-Plantagen-Besitzer schwer arbeiten!
Pepino war erst zehn Jahre alt.
Und musste schon schwere Eimer mit Gummimilch tragen.
Aber irgendwo musste die Gummimilch ja herkommen!
Die kam aus den großen Gummibäumen.
Seine Oma musste mit einem großen Messer
Ritze in die Gummibäume schneiden!
Unter diesen Ritzen hat seine Oma
dann ein Blech mit Band um den Baum gebunden.
Dieses Blech war nach unten hin
zu einer Rinne gebogen.
Darunter stand ein Eimer,
 wo die Gummimilch reinlief.
Nun glaubt bloß nicht,
das seine Mutter nicht zu arbeiten brauchte!
Sie machte die schwierigste Arbeit.
Denn sie musste die Gummimilch in einen riesigen Bottich kochen!
Die kochende Gummimilch musste
mit einem riesig großen Kochlöffel umgerührt werden!
Wenn sich in diesem großen Bottich ein Brei gebildet hatte,
musste seine Mama mit einer großen Schöpfkelle
den Brei aus dem Bottich holen!
Der kam dann in eine große Form.
Und wenn in dieser Form der Gummibrei kalt geworden war,
dann war daraus ein Gummiballen entstanden!
Dieser Gummiballen hatte ein ganz schönes Gewicht.
Er wog dann manchmal bis zu hundertzwanzig Kilo.
Die Arbeit musste seine Mutter auch machen.
Denn die schweren Ballen mussten noch gestapelt werden!
Das war ganz schön hart.
Pepino musste dafür die schweren Zehn-Liter-Eimer

mit Gummimilch schleppen,
die er auch noch in diesen großen Bottich kippen musste.
Das war schon eine harte Arbeit für die drei!
Aber das hat den Plantagen-Besitzer überhaupt nicht gestört.
Der Plantagen-Besitzer sah das ganz anders!
Er gab den dreien ja schließlich Arbeit.
Und bezahlt hat er sie ja auch noch.
Sie sollten doch bloß froh sein,
dass sie bei ihm arbeiten durften!
Sie bekamen ja auch jeder einen ganzen Dollar pro Tag.
Wie er meinte, würde er sowieso zu viel bezahlen.
Das war natürlich ein Hungerlohn für die drei.
Das langte gerade mal für ein bisschen Essen!
Da wurde man noch nicht einmal richtig satt.
Aber was sollten sie auch machen?
Sie wollten ja schließlich
nicht verhungern!

Hamburg, d. 29.1.1999
Eine Kindergeschichte
von Wolfgang Fischer

Ein Gedicht für kleine Knirpse

Der Bär

Es war einmal ein kleiner Bär.
Der wollte so gerne ans Schwarze Meer!

Als er da war angekommen,
hat er erst einmal ein Bad genommen.
Er ist einmal hin- und hergeschwommen.
Als er wieder ist an Land gekommen,
da hat er ein schwarzes Fell bekommen!

Die Moral von dieser Geschichte:
Glaube nicht, was ich hier dichte.

Dieser kleine Bär, das arme Wesen,
ist schon immer schwarz gewesen!

Der kleine Bär wollte nur mal baden.
Das tat seinem Fell überhaupt nicht schaden!

Das Schwarze Meer, ihr seid so schlau,
das ist nicht schwarz, das ist doch blau!

Doch schwimmt ihr einmal im schwarzen Meer,
dann passt bloß auf, denn wenn ihr rauskommt,
seid ihr voll Teer!

Hamburg, d. 6.5.1998
von Wolfgang F. Fischer

Eine Geschichte für groß und klein

Es ist eine Geschichte, die auch in den Jahren zweitausend Bedeutung hat!

Ein Land Namens Russland

In Russland, in dem größten Land der Erde, da lebte Aljuscha.
Eigentlich wäre sein Land das reichste Land der Welt!
Dieses Land hat in seiner Erde die größten Bodenschätze,
die es auf der Welt gibt.
Und trotzdem ist dieses Land bitterarm.
Die Menschen in diesem Land mussten hungern!
Dazu gehörte auch Aljuscha.
Er war gerade neun Jahre geworden.
Und in so einem jungen Alter, da hat man sowieso immer Hunger!
Aljuscha lebte bei seiner Oma.
Denn seine Mutter war schon in noch jungen Jahren
vor Hunger gestorben.
Sein Vater kümmerte sich sowieso nicht um ihn,
er trank lieber seinen Wodka!
Seine Oma hatte auch nicht viel zu essen.
Sie bekam eine ganz kleine Rente,
die reichte gerade, um die Miete zu bezahlen!
Was machten nun die zwei, um nicht zu verhungern?
Sie gingen jeden Tag in die große Stadt,
die man Moskau nannte, zum Betteln.
Sie wohnten ja nur acht Kilometer entfernt von diesem Moskau.
Und sie gingen diesen Weg jeden Tag zu Fuß!
Wenn sie dann abends nach Hause gingen,
hatten sie doch so viel zusammengebettelt,
dass sie nicht zu verhungern brauchten!
Sie mussten sich aber doch immer wieder wundern,
dass es doch noch so viele reiche Russen gab.
Abends, wenn sie dann im Bett lagen,
dann hat seine Oma ihm immer Geschichten erzählt!
Seine Oma erzählte ihm dann, dass es in Russland Zaren gab.

Die ließen das niedere Volk auch immer Hunger leiden.
Nur die Reichen wurden immer reicher!
„Dann", sagte seine Oma, „gab es eine Zeit, da gab es einen Stalin.
Und man nannte diese Zeit Kommunismus.
In dieser Zeit gab es immer wieder Kriege,
die dazu führten, dass das Volk auch wieder hungern musste."
Nun fragte Aljuscha, kurz vor dem Einschlafen:
„Oma wie kommt es eigentlich,
dass in unserem Land immer nur die armen Menschen hungern müssen?"
Das wollte Aljuscha nun doch noch wissen, bevor er einschlief!
Seine Oma musste schlucken!
Denn wie sollte sie ihm das erklären?
„Mein Söhnchen!
Das ist so, wir Russen sind eigentlich ein fleißiges Volk.
Doch wir denken anders, wir denken eigentlich immer nur an heute!
Das kommt eben daher, dass wir immer hungern mussten!
Da hatten wir keine Zeit, schon an morgen zu denken."
Seine Oma hatte kaum den letzten Satz ausgesprochen,
da war Aljuscha eingeschlafen! Am nächsten Morgen war es Sonntag,
„Heute gehen wir in die Kirche", sagte seine Oma.
„Heute wollen wir dem lieben Gott Danke sagen,
dass die Reichen uns die letzte Woche so viel Geld gegeben haben."
Und sie gingen in die Kirche.
Als sie wieder aus der Kirche kamen, fragte Aljuscha schon
wieder seine Oma: „Oma, wie kommt es nun, wo wir doch so ein
reiches Land sind, dass wir, die Ärmsten, immer hungern müssen?"
Seine Oma versuchte zu erklären, was ihr sichtlich schwer fiel:
„Weißt du, mein Söhnchen, in uns Alten steckt eine große Angst.
Wir wurden immer unterdrückt, ob vom Zaren oder von Stalin.
Und heute ist es nicht viel anders! Unsere Geschichte ist so alt,
dass wir alten Leute noch nicht begreifen, dass man sich wehren kann.
Deswegen herrschen heute die Neureichen,
die man die Russische Mafia nennt!
Die Regierenden sind eigentlich nur Marionetten.
Und deswegen müssen wir, das Volk, weiter hungern,
auch betteln gehen, um zu überleben.
Mein Söhnchen, hast du das alles verstanden?
Deswegen warten wir auf euch, auf die Jugend.
In der Hoffnung, dass ihr eines Tages, etwas ändern werdet!"

Und Aljuscha hatte mit seinen neun Jahren alles verstanden.
Und sagte: „Oma, wenn ich groß bin, dann wird alles anders!"
Man möchte es dem großen, stolzen Volk wünschen!

Hamburg, d. 9.3.1999
von Wolfgang F. Fischer

Adalbert, der Traumtänzer

Eine zeitgerechte Kindergeschichte

Adalbert war gerade mal sieben geworden!
Er war so stolz, dass er jetzt in die Schule durfte.
„Morgen werde ich eingeschult", rief er
den anderen Kindern auf dem Spielplatz zu.
„Dann werde ich schlauer sein als ihr kleinen Knirpse.
Ihr seid doch bloß Babys",
spottete Adalbert in seinem Stolz.
Dabei war Adalbert ein richtiger Traumtänzer.
Aber weil er nun mal in die Schule kam,
war er gleich der Größte, wie er meinte.
Am nächsten Tag war es dann soweit.
So viele Kinder auf einem Haufen
hatte er in seinem Leben noch nie gesehen!
Nun war ihm doch ganz mulmig zumute.
Und er kam sich mit seiner großen Schultüte ganz winzig vor.
Und weil er sich bei so vielen Kindern so verloren vorkam,
fing er an zu träumen!
Wenn ich erst einmal in meinem Raumschiff sitze und ich Kapitän bin,
dann sind die vielen Kinder doch nur Ameisen auf dieser Erde!
Und schon war er weggetreten in seinen Träumen.
„Adalbert! Adalbert! Die Lehrerin hat gefragt wie du heißt!",
sagte seine Mutter.
„Äh, was? Ja, Kapitän Kirk", antwortete Adalbert.
„Du möchtest der Lehrerin sagen, wie du heißt",
sagte seine Mutter nochmals.
„Oh ja, Frau Lehrerin, ich heiße Adalbert, der Traumtänzer!"
„Aber Adalbert! Weißt du denn nicht, wie du heißt?", fragte die Lehrerin.
„Doch, ja natürlich, ich heiße Adalbert!"
„Und hast du denn keinen Nachnahmen?", fragte die Lehrerin.
„Ja, doch, Müller!" „Und warum hast du dann Traumtänzer gesagt?"
Adalbert wurde ganz rot im Gesicht. „Äh, weiß ich nicht."
Im Stillen dachte er, dass die anderen Kinder
auf dem Spielplatz ihn so nannten.
Die Einschulungsfeierlichkeiten waren nun endlich vorbei.
Und die Lehrerin verabschiedete sich bei den Kindern.

„Bis morgen dann, und vergesst eure Schulranzen nicht!"
Adalbert war froh, dass er das alles überstanden hatte.
So hatte er sich die Schule nun doch nicht vorgestellt.
Das war doch anders als auf dem Kinderspielplatz!
Als er nun zu Hause war, sagte seine Mutter:
„Adalbert, willst du nicht spielen gehen?"
„Nein, Mama, ich möchte heute nicht spielen gehen!
Ich bin doch jetzt groß, da spiele ich doch nicht mehr,
mit kleinen Kindern."
Aber das war schnell vergessen.
Und zwei Stunden später war er schon wieder auf dem Spielplatz!
Nun wollten seine Spielplatzkinder doch wissen,
wie denn die Schule so gewesen sei.
Und Adalbert Traumtänzer machte seinem Spitznamen alle Ehre!
Und Adalbert fing an zu erzählen:
„Da waren so viele Kinder, aber ich war der Kapitän
auf einem Raumschiff."
Die anderen Kinder sperrten natürlich naturgemäß die Augen
groß auf, bis sie doch ins Zweifeln kamen!
„Ha ha ha! Adalbert, du hast bestimmt wieder geträumt."
So war dieser erste Schultag auch zu Ende gegangen.
Und seine Mutter rief: „Adalbert, raufkommen, waschen,
etwas essen und dann ins Bett!
Denn morgen musst du früh aufstehen,
dann fängt die Schule richtig an."
So kurz ist für ihn noch nie eine Nacht gewesen
wie die nach dem Schulanfang!
Er hatte noch nicht einmal Zeit zum Träumen gehabt.
Adalbert hatte an diesem Morgen noch nicht einmal Hunger!
Wo er doch sonst immer etwas gegessen hat.
Inzwischen waren schon einige Wochen vergangen.
Und die Schüler waren beim Zahlenaddieren.
Als die Frage nun auch an Adalbert kam,
wie viel doch zwei und zwei wären, da stotterte er nur: „Äh, ah, was?
Zwei Raumschiffe und zwei Raumschiffe, das sind vier, oder?"
„Ja", sagte die Lehrerin, „aber Adalbert, hast du schon wieder geträumt?"
Adalbert wurde rot und sagte: „Nein, Frau Lehrerin."
Aber Adalbert wusste genau, dass er unbewusst lügen würde.
Er hatte ja auch den Spitznamen Traumtänzer behalten.
Denn ein Spielplatzfreund, der auch in seine Klasse ging, hatte der
ganzen Klasse erzählt, dass Adalbert ein Traumtänzer sei!

Und so ging es noch fünf Jahre weiter, dass er der Traumtänzer war!
Doch eines Tages, keiner weiß warum, änderte sich bei Adalbert alles.
Er bekam die besten Noten, immer zwischen Eins und Zwei.
Und er wusste auch genau, was er eines Tages werden wollte.
Er wollte immer Flugzeugkapitän werden!
Eines Tages war es wirklich so weit.
Die Schule war zu Ende!
Er ging in eine große Fluggesellschaft in die Lehre.
Und er wurde wirklich Flugzeugkapitän!

Drum merke, es gibt Menschen,
die sind ihr ganzes Leben lang Traumtänzer.
Und es gibt Menschen,
die machen ihren Traum zur Wirklichkeit!

Hamburg, d. 1.9.1999
von Wolfgang F. Fischer

Qwakie der Frosch

In einem großen Sumpfgebiet in Rumänien,
man nennt es auch Donau-Delta,
da leben ganz viele Frösche, braune, gelb gescheckte
und natürlich auch grüne Frösche!
Und einer davon war Qwakie.
Na, und selbstverständlich war er ein grüner Frosch,
wie er meinte, waren die grünen Frösche
sowieso die besseren Frösche.
Erstens weil sie ja sowieso besser aussahen
und weil sie auch die Größeren waren!
Und trotzdem half ihm das Größersein überhaupt nichts.
Denn auch er musste sich fürchterlich vor den Störchen in Acht nehmen.
Und dann waren da noch die Wasserratten,
die sich immer von hinten hinterlistig ranschlichen!
Ach ja, da war ja noch die listige Sumpfschlange,
die auch ab und zu Hunger hatte.
Aber zum Glück hatte die nicht so oft Hunger!
Denn wenn eine Schlange einen großen Frosch gefressen hatte,
dann hatten die Frösche wenigstens eine Woche Ruhe.
Und die listige Schlage Saso mochte natürlich
große Frösche am liebsten.
Aber Saso, die Schlange, war auch auf Wasserratten scharf!
Na, und Adebar, den Storch, den kennt ihr sicherlich doch alle?
Der war noch gefährlicher als Saso, die Schlange.
Denn Adebar, der hatte ja immer Hunger!
Aber nein, es war nicht Adebar alleine, der Hunger hatte.
Nein, es waren seine Kinder, die kleinen Störche.
Und für deren Hunger musste Adebar natürlich reichlich Frösche fangen!
Natürlich mochten die Baby Störche auch kleine Wasserratten.
Und auch kleine Schlangen!
Aber an Saso hat Adebar sich nicht rangetraut.
Denn Saso, die Schlange, war schon zu groß
und damit zu gefährlich für Adebar!
Aber bis jetzt hatte Qwakie ja noch immer Glück gehabt.
Aber eines schönen Abends, die Sonne war gerade am Untergehen,
da hatte es Qwakie beinahe erwischt!
Er war wohl etwas leichtsinnig gewesen.

Denn er wollte sich gerade selber sein Abendbrot schnappen.
Eine große Fliege saß auf einem Seerosenblatt,
er hatte sie tatsächlich gefangen
und wollte sie gerade runterschlucken.
Au weia, durch seine Unachtsamkeit war er in Adebars Schnabel gelandet.
Und Adebar wollte natürlich Qwakie runterschlucken.
Aber er hatte noch einmal Glück gehabt.
Denn in dem Moment schlich Saso, die Schlange,
vor Adebars Füßen umher.
Und beide erschraken fürchterlich!
Adebar ließ vor Schreck Qwakie aus dem Schnabel fallen und flog weg.
Und er landete zehn Meter weiter, um für seine Kinder
noch ein Paar Frösche zu fangen!
Und so hatte Qwakie, wie schon so oft, wieder mal Glück gehabt.
Und er konnte endlich seine Fliege runterschlucken,
die immer noch auf seiner Zunge klebte!
Auch Adebar hatte noch Jagdglück und konnte für seine Kinder
noch ein paar andere Frösche fangen.
Saso, die Schlange, war sowieso noch satt.
Aber Saso und Adebar hatten sich nun mal erschrocken,
was eben Qwakies Glück war, so dass er noch wieder weiterleben konnte!
Qwakie lebte zwar noch einige Jahre unbehelligt im Sumpf weiter.
Aber eines Tages ging es auch ihm an den Kragen.
Nein, es war nicht Adebar, der sich Qwakie nochmals geschnappt hat.
Nein, es war seine größte Feindin, es war natürlich Saso, die Schlange,
die sich den inzwischen fett gewordenen
Qwakie schnappte und runterschlang!
Ein paar Sekunden hat Qwakie noch gelebt und hat über sein schönes,
aber doch gefährliches Leben nachgedacht,
und nun schwanden seine Sinne!
Und es war mit ihm zu Ende.
Und Saso war auch wieder für eine Woche satt!

Neugraben, am 20.7.2001
Eine Kindergeschichte von
Wolfgang F. Fischer

Carlchen

Der Alptraum Einfänger

Carlchen war ein kleiner, achtjähriger Junge, der viel träumte.
Und bei diesen Träumen gab es sehr viele Alpträume!
Und jeden Morgen erzählte er seiner Mama dass er schon wieder
was Schlimmes geträumt hatte.
Wie jeden Morgen fing er auch an,
wieder seinen Alptraum seiner Mutter zu erzählen!
„Mama, da war schon wieder dieses Tier mit den vier Augen.
Mama, das war wirklich sehr komisch.
Die Augen konnten sprechen!"
Seine Kinderstimme überschlug sich fast vor lauter Aufregung.
„Ach, Carlchen", sagte seine Mutter, „das sind doch nur Träume!
Und Träume sind doch Schäume.
Das weißt du doch.
Das sagt dir dein Papi auch immer!"
„Wo ist denn Papa?
Ich möchte ihm doch auch meinen Traum erzählen!"
„Papa ist doch schon zur Arbeit gegangen.
Du weißt doch, er muss immer früh aufstehen."
„Das ist aber schade.
Heute Abend habe ich den Traum schon wieder vergessen."
Am nächsten Morgen war es wieder das Gleiche.
„Mama, ich habe schon wieder einen Alptraum gehabt!
Mama, weißt du was, dieses Mal war da ein Mann.
Der hatte vier Arme, und lang waren die auch noch!
Und er wollte mich greifen."
Seine Mutter fing sofort an zu beschwichtigen.
„Weißt du was Carlchen, ich glaube, du denkst dir das alles nur aus.
Oder du spinnst ein bisschen!"
„Aber Mama! Das ist alles wirklich wahr, ich träume das wirklich!"
So ging das Tag für Tag, Woche für Woche, so ungefähr ein Jahr.
Am Wochenende musste sein Vater natürlich auch zuhören.
Und der sagte auch oft: „Carlchen, du spinnst doch!"
Doch eines Tages, da gab es eine Wende.
Denn Carlchens Vater hatte zwei Wochen Urlaub!
Und in dieser Zeit fiel dem Papa etwas ein!

„Du, Carlchen! Ich habe eine gute Idee.
Du solltest dir einen Alptraumfänger bauen!"
„Papa, was ist das denn? Wie geht denn so was?"
„Ach, Carlchen. Du bist doch ein schlaues Kerlchen", sagte sein Vater.
„Du fängst an zu basteln, und dann wird dir schon etwas einfallen."
Carlchen legte sich in den nächsten Tagen
voll ins Zeug und fing an zu basteln!
Und da ging es auch schon los, das Problem.
Denn Carlchen konnte alles zum Basteln gebrauchen.
So fehlten der Mama eines Tags die Wäscheklammern.
Und den anderen Tag wieder ein Paar Esslöffel!
Und so ging das immer weiter.
Bis seine Mutter böse wurde.
„Carlchen! Nun gib mal wieder die ganzen Sachen raus!"
Carlchen gab die ganzen Sachen wieder zurück.
Und die ganze Angelegenheit war schnell vergessen.
Doch nach einigen Tagen hatte Carlchen
sein Traumfängergerät fertig gebastelt!
Und er stellte es seinen Eltern vor.
Die mussten nur wirklich ernst bleiben.
Sie sahen sich an, und beinahe hätten sie losgelacht.
Aber sie konnten sich zusammenreißen.
Denn was Carlchen da zusammengebastelt hatte,
da hätte jeder gelacht!
Das war eine Art Drahtgestell mit Cola-Dosen
und einigen Joghurt-Plastik-Bechern!
Einige Nägel und ein paar Zigarettenschachteln,
die hingen an diesem Alptraumgerät!
Carlchen muss ja wohl einige Tage alles aus dem Mülleimer
genommen haben, was er gebrauchen konnte.
Aber natürlich mussten beide Eltern ihr Carlchen loben!
Auch wenn sie am liebsten gelacht hätten.
„So, Carlchen, nun musst du dir dafür auch einen guten Platz suchen.
Damit die Alpträume, auch in deinem
schönen Gerät eingefangen werden!

Am besten, du stellst es auf das Regal über deinem Bett.
Da musst du eben etwas anderes runternehmen."
Carlchen hat sich natürlich gefreut,
dass ihm sein Alptraumfanggerät so gut gelungen war,
weil seine Eltern doch so zufrieden waren.

Was dann so nach zwei Wochen passierte,
könnt ihr euch schon denken.
Denn wirklich, nach dieser Zeit nervte Carlchen
seine Eltern nicht mehr mit seinen Alpträumen.
Carlchen glaubte nun wirklich sein Alptraumgerät
fängt alle seine Alpträume ein!
Also hatte alles auch seinen guten Zweck.
Ob Carlchen wirklich immer Alpträume hatte?
Oder ob er gesponnen hat? Das weiß nur Carlchen.
Oder ob das Alptraumgerät so mächtig war?
Aber Carlchen hat daran geglaubt.
Und das ist doch das Wichtigste!
Am meisten haben sich natürlich Mama und Papa gefreut.
Denn Carlchen hat seine Eltern nie wieder
mit seinen Alpträumen genervt!

Eine kleine Kindergeschichte
von Wolfgang F. Fischer
Neugraben, d. 29.4.2002

Das Klambambu Dorf

Klambambuse sind kleine Wichtelmännchen.
Und sie leben im Bayerischen Wald,
nahe der tschechischen Grenze.
Und tief in diesem Wald, ist das Klambambudorf.
Wo Knorrie, ein kleiner Wichteljunge, lebt.
Knorrie hatte in seinen jungen Jahren schon viel erlebt.
Einmal, das war schon wirklich schrecklich,
da war er gerade sieben Jahre jung,
als ein Fuchs in sein Dorf geschlichen kam!
Das war vielleicht eine Aufregung.
Die ganze Wichtelgemeinde lief
kreuz und quer durch das Dorf.
Und sie suchten alle einen Platz, um sich zu verstecken.
Aber wie immer hatten alle Wichtel ein Versteck gefunden.
Auch Knorrie hatte ein Versteck gefunden!
Und zwar in einem alten Baum,
wo ein Specht wohl ein Loch gehämmert hatte.
Da fand er seine Zuflucht!
Aber warum mussten sie sich nur
wegen diesem Fuchs verstecken?
Ja, weil dieser gemeine Fuchs so gerne Wichtel fraß.
Die waren nun wirklich seine Leibspeise!
Aber der Fuchs hatte dieses Mal Pech gehabt
und musste nach zwei Stunden des Wartens
mit leerem Magen davonziehen!
Aber für Knorrie wurde dieser Tag zu einer Katastrophe.
Denn kaum war der Fuchs verschwunden,
da kam eine neue Gefahr auf die Wichtel zu,
die sie dazu zwang, im Versteck zu bleiben.
Denn Waldarbeiter hatten den Auftrag,
alte und kranke Bäume zu fällen.
Ihr werdet es kaum glauben, aber ausgerechnet der Baum,
in dem Knorrie saß, wurde gefällt.
Noch während dieser Baum umfiel,
wollte Knorrie diesen Baum verlassen.
Aber es gelang ihm nicht!
Denn er musste sich krampfhaft festhalten,

sonst wäre er noch runtergefallen
und wäre zerquetscht worden!
Es kam nun immer schlimmer, der Baum lag nun auf dem Waldboden.
Er hätte beinahe ein Wichtelhaus getroffen!
Aber das Haus blieb ganz.
Und zum Glück, war das Haus ja auch leer.
Denn die Wichtel waren alle noch in ihrem Versteck.
Und nun wurde der große Baum in zwei Meter
lange Stücke geteilt.
Und bei diesem Aufteilen des Baumes hätte es ihn
beinahe mit der Kettensäge erwischt.
Nur ein paar Zentimeter von ihm entfernt dröhnte
die Säge an ihm vorbei!
Und auch das noch, ein Waldarbeiter sah
das Loch in dem Baum.
Und er fing an, in diesem Loch rumzustochern.
„Da ist bestimmt eine Maus drin", sagte er zu dem anderen.
„Hör doch auf damit", sagte sein Kollege.
„Lass uns lieber die Stämme verladen!"
Knorrie war erleichtert, der Stock war immer
dicht an seiner Nase.
Er hätte beinahe geniest.
Und dann hätte er sich verraten.
Der Wagen mit den
Baumstämmen, war nun voll geladen
und zum Abtransport bereit.
Der Motor des großen Fahrzeugs sprang an
und setzte sich in Richtung der Waldlichtung in Bewegung!
Inzwischen kamen auch alle Klambambuse aus ihren Verstecken.
Da ging es als Erstes ans aufräumen.
Denn wenn ein Baum umstürzt,
da fällt doch so manches vom
Schrank. Oder aus dem Schrank!
Dabei wurde noch nicht einmal bemerkt,
dass Knorrie verschwunden war.
Als man das nach dem Aufräumen doch bemerkte,
dass Knorrie verschwunden war, setzte eine Suche ein.
Aber Knorrie wurde nicht gefunden!
Nun glaubte die Dorfgemeinschaft,
dass der Fuchs den lieben Knorrie gefressen hat.
Und keiner hatte es gemerkt!

Wie ihr es euch denken könnt, waren Knorries Eltern ganz schön traurig.
Es hat ja keiner gewusst, dass Knorrie noch lebt.
Da zu dieser Zeit, wo sich alle versteckt haben,
jeder nur sein eigenes Leben im Kopf hatte!
Der große Wagen rollte nun mit seinem schweren Gewicht
auf die Straße zu in Richtung Stadt, wo ein großes Sägewerk war.
Da sollten die Baumstämme entladen werden!
Knorrie traute sich natürlich nicht aus seinem Loch.
Die Baumstämme wurden zum Glück nicht
noch am gleichen Tag entladen,
so dass Knorrie in der Nacht Zeit hatte,
sein Versteck zu verlassen!
War das eine harte Angelegenheit,
um von diesem großen Fahrzeug wieder runterzukommen.
Das dauerte fast die ganze Nacht.
Aber er schaffte es, er landete schön weich im hohen Gras.
Wo er auch gleich vor Schwäche liegen blieb und einschlief!
Er schlief tief und fest, so kaputt war er.
Bis, ja bis er vor lauter Krach wach wurde
und weil er sich auch so erschrak.
Schnell sprang Knorrie auf
und brachte sich im hohen Gras erst einmal in Sicherheit.
Beinahe wäre er sogar noch totgetrampelt worden!
So einen großen Fuß hatte er noch nie gesehen.
Und wie so oft hatte er wieder großes Glück.
Aber jetzt war er erst einmal in Sicherheit!
Aber kalt war ihm!
Er hatte seine Jacke in diesem Lochim Baumstamm verloren.
Er wusste sowieso nicht recht, was mit ihm so alles geschah.
So viele Erlebnisse in so kurzer Zeit hatte er noch nie!
Die Arbeiter entluden nun die Baumstämme, wobei der eine,
der auch schon im Wald dabei war,
als der Baum gefällt wurde,
wieder anfing, in dem Loch des Baumstammes rumzustochern.
Und siehe da, mit einem Stück Draht brachte er
ein kleines Jäckchen zum Vorschein!
„Siehst du", sagte er zu seinem Kollegen,
„da muss doch eine Maus drin gewesen sein.
Denn da ist ja sogar ein Jäckchen von einer Puppe,
die sich wohl die Maus da reingeholt hat.
Das war wohl ihr Nest!"

144

Und er warf das Stück Draht mit dem Jäckchen ins Gras.
Der spitze Draht hätte Knorrie beinahe am Kopf getroffen!
Aber er hatte Glück.
Noch mehr Glück hatte er, dass er sein Jäckchen wieder hatte.
So brauchte er wenigstens nicht mehr zu frieren.
Nun kauerte er da im Gras und wusste nicht,
was er machen sollte.
Wo er doch sonst immer sofort Rat wusste.
Aber er war ja auch schließlich zehn Kilometer von seinem
schönen Klambambudorf entfernt!
Und für einen Klambambuwichtel
sind zehn Kilometer wie hundert!
Aber was sein Glück war: Klambambuwichtel können die
menschliche Sprache gut verstehen.
Und so hörte er, wie die Waldarbeiter sich unterhielten.
Sie sprachen darüber, dass sie morgen früh wieder in den Wald
fahren, um Baumstämme aufzuladen.
Und das war Knorries Glück.
In der Nacht kletterte er wieder auf das Fahrzeug.
Und deckte sich mit etwas Moos zu,
was auf diesem Fahrzeug rumlag!
Er wurde auch nicht entdeckt,
als die Fahrt am frühen Morgen losging.
Es waren nur zehn Kilometer,
aber ihm kam die Fahrt lange vor.
Als sie nun im Wald angekommen waren,
besprachen die beiden Männer,
welche Baumstämme sie wohl zuerst aufladen wollten!
Und das hat Knorrie sofort ausgenutzt
und kletterte schnellstens von diesem Fahrzeug!
Vielmehr, er rutschte runter,
wobei er sich noch ein paar Kratzer am Bein zuzog.
Aber er war nach ungefähr zehn Metern
in seinem Klambambudorf!
Zuerst hat ihn noch keiner wahrgenommen.
Er stand da, mitten in seinem Dorf.
Aber keiner war zu sehen.
In seiner Aufregung hat Knorrie gar nicht mehr mitbekommen,
dass die anderen Klambambuwichtel
sich ja wieder verstecken mussten!
Nach einigen Sekunden, als Knorrie sich beruhigt hatte,

da merkte er, dass er sich ja auch verstecken musste.
Aber was ihm sofort einfiel: bloß nicht wieder in einen Baum!
Er nahm das erstbeste Versteck.
Er krabbelte in ein Erdloch und wartete erst einmal ab.
Nach zwei Stunden war alles vergessen.
Die Arbeiter waren mit dem Beladen fertig und fuhren davon.
Und an diesem Ort kamen sie auch
viele Jahre nicht mehr wieder!
Zuerst kamen alle Erwachsenen Klambambuwichtel
aus ihren Verstecken, um nach dem Rechten zu sehen.
Und nun kamen auch alle Klambambu Kinder
aus ihren Verstecken!
Und siehe da, auch Knorrie war dabei!
Er war zwar nur zwei Tage verschwunden,
aber für Klambambuzeit ist das ganz schön lange!
War das eine Freude! Die Eltern freuten sich.
Knorrie war glücklich.
Und alle freuten sich, dass Knorrie wieder zu Hause war.
Und was war das Resultat?
Es gab ein großes Fest.
Alle tanzten und waren zufrieden!
Und das Tollste: Knorrie konnte von seinen Abenteuern erzählen.
Und die anderen Kinder hörten gespannt zu!
Was wurde nun aus Knorrie?
Er wurde groß wie alle Kinder.
Und er heiratete seine Nichte Knara.
Sie bekamen viele Kinder.
Und sie waren sehr glücklich und zufrieden!
Dieses Klambambudorf gab es noch zweihundert Jahre,
bis es von Menschen zerstört wurde!
Und keiner weiß, wo die Klambambuwichtel geblieben sind!

Neugraben, d. 23.7.2002
Eine Geschichte für kleine und große Kinder
von Wolfgang F. Fischer

Lucas erster Fall

Eigentlich, ja eigentlich wollte Lucas ja Lokomotivführer werden,
denn sein Name passte ja so schön zu diesem Beruf.
So wie der Lokomotivführer bei Jim Knopf!
Bis ein Ereignis eintraf und Lucas nur noch Detektiv werden wollte.
Lucas war ja nun schon zehn Jahre,
da macht man sich so seine Gedanken.
Und dies hing alles mit dem kleinen Dackel von Frau Müller zusammen.
Damals war Lucas erst sieben Jahre, aber soweit er sich erinnern kann,
hatte Frau Müller ihren Dackel immer schon.
Und jedes Mal, wenn Lucas Frau Müller mit ihrem Dackel sah,
grüßte er freundlich und er durfte auch ihren Dackel streicheln!
Lucas weiß noch ganz genau, Frau Müller ging jeden Tag in den
Hamburger Stadtpark mit ihrem Dackel!
Und so weit war der Weg ja auch nicht.
Sie wohnten ja beide in der Jahrestraße.
Und sogar noch im gleichen Haus!
Da wusste Lucas schon fast, was Frau Müller so machte.
Und eines Tages, als Frau Müller wieder spazieren ging
und Lucas vor der Tür spielte,
da fragte Lucas, wo denn ihr Dackel wäre,
weil er doch sonst immer mitging.
Da sagte Frau Müller, dass ihr Dackel krank sei.
„Ach, das ist aber schade!
Dann kann ich ihn ja heute nicht streicheln."
Am nächsten Tag ging Frau Müller wieder ohne ihren Dackel spazieren.
Und am dritten Tag, das war wirklich eigenartig,
da ging Frau Müller wieder alleine!
Aber dieses Mal hatte sie einen Schuhkarton unter dem Arm.
Und so komisch sah Frau Müller aus.
So, als ob sie traurig wäre!
Lucas mochte die alte Dame gar nicht ansprechen.

Das war schon sehr komisch,
Frau Müller ging auch dieses Mal in Richtung Stadtpark.
Das machte Lucas so neugierig, dass er Frau Müller
im Abstand von zwanzig Metern folgte!
Frau Müller drehte sich sowieso nicht um, so abwesend war sie.
Am Stadtpark angekommen, ging Frau Müller auf einmal in ein Gebüsch!
Das war vielleicht spannend.
Lucas beobachtete die alte Dame ganz genau
von seinem Versteck hinter dem Baum!
Was mochte sie da wohl machen?
Inzwischen wurde es auch langsam dunkel!
Und Frau Müller kam wieder aus dem Gebüsch heraus.
Und ging langsam nach Hause!
Aber Lucas hatte es sofort gemerkt, den Karton hatte sie nicht mehr.
Da es nun dunkel wurde und Lucas nach Hause musste,
holte Lucas eine Bierdose aus dem Abfalleimer
und legte die Dose genau an der Stelle,
wo Frau Müller aus dem Gebüsch kam!
Am nächsten Tag würde er noch mal herkommen
und die Sache untersuchen.
Am nächsten Tag konnte er es gar nicht abwarten,
der Sache auf den Grund zu gehen.
Die Bierdose lag noch an der gleichen Stelle.
Und er kroch sofort in das Gebüsch,
wo er einen frischen Erdhügel entdeckte!
Daneben lag sogar noch eine kleine Schaufel,
wie Kinder sie zum Spielenhaben.
Und er fing sofort an zu buddeln.
Als er ungefähr dreißig Zentimeter tief war,
stieß er tatsächlich auf einen Karton!
Mann oh Mann, war Lucas vielleicht aufgeregt.
Er nahm den Deckel von diesem Karton, und was musste Lucas da sehen?
Der Dackel von Frau Müller lag darin!
Hat er sich vielleicht erschrocken.
Sofort machte er den Deckel zu.
Und schüttete die ganze Erde wieder darüber!
Und rannte sofort nach Hause.
Und er erzählte die ganze Geschichte seinen Eltern.
Lucas diskutierte mit seinen Eltern, ob man so was machen darf,
den Hund einfach so im Stadtpark begraben.

Aber die Eltern sagten, Frau Müller war wohl so traurig,
dass sie keinen anderen Rat wusste!
Detektiv zu sein, ist doch eine anstrengende Sache, dachte Lucas.
Wo das doch sein erster Fall war!

Hamburg-Neugraben, 12.8.2002
Eine Geschichte für groß und klein
Ersonnen von Wolfgang F. Fischer

Anlass dieser Geschichte:
Wettbewerb bei Hinz u. Kunz – nicht gewonnen!

Gleis zehn

Es war immer noch Krieg, in den letzten Tagen des Januars 1945!
Hamburg lag schon fast in Schutt und Asche,
als es an der Wohnungstür bei den Eltern von Tevje klingelte.
„Tevje", rief seine Mutter, „geh, mach doch mal die Tür auf."
Tevje war ein braver Junge, er gehorchte sofort und machte die Tür auf!
Auf dem Flur standen drei große Männer mit Gewehren.
„Sind deine Eltern zu Hause?", fragten die Männer.
„Mama, komm mal eben, da sind drei Männer."
Während Tevje dieses sagte, stießen die Männer Tevje zur Seite
und gingen einfach in die Wohnung.
„Los, los, Familie Rosenheim", riefen die Männer,
„es geht los in den Urlaub."
Und die Männer lachten höhnisch!
Mama und Papa Rosenheim zitterten am ganzen Körper,
nur Tevje war lustig.
Und er freute sich: „Machen wir endlich Urlaub, Mama?"
„Ja, mein Sohn", sagte seine Mama.
„Das ist doch nett, dass die Männer uns abholen", sagte Tevje.
„Ein bisschen schneller!", schrie der größere Mann barsch.
„Hören sie auf ihren Sohn, der freut sich auch, und der Zug wartet nicht."
Draußen vor der Tür wartete ein Lastwagen, mit dem Tevje
und seine Eltern zum Bahnhof gebracht werden sollten!
Das sollte wohl ein ganz besonderer Urlaub werden.
Tevje fand das alles seltsam.
Seine Eltern sprachen kein Wort mehr.
Und Tevje wurde es auch schon langsam unheimlich!
Tevje war ja erst sieben Jahre jung,
er konnte das alles nicht so richtig begreifen.
Schon gar nicht, als die Männer nun ihre Gewehr abnahmen
und auch noch anfingen zu schreien:
„Los, los, ab in den Urlaub!"
Einer von diesen Männern ging nun vor
und zwei mit dem Gewehr dahinter!
Als sie draußen vor der Tür standen,
riefen zwei Soldaten fast gleichzeitig:
„Los, rauf auf den Lastwagen!"
Da wunderte auch Tevje sich und wurde ängstlich:

„Mama, ich will jetzt gar nicht mehr in den Urlaub."
Und er fing an zu weinen.
Als sie nun auf dem Lastwagen auf dem Boden saßen,
  ging die Reise los!
„Wir fahren jetzt zum Bahnhof,
da warten die Züge schon auf euch",
sagte der wohl noch Freundlichste von den dreien zu Tevje.
Man könnte meinen, dass er wohl etwas traurig war.
Er hatte wohl auch so einen kleinen Jungen.
Am Bahnhof angekommen,
was gar kein richtiger Bahnhof war:
Es war in Wirklichkeit nur ein Güterbahnhof,
ein so genanter Verschiebebahnhof in Hamburg-Altona!
Inzwischen schrie auch schon einer der Soldaten:
„Runter vom Lastwagen. Und ab zur Verladestelle!"
So etwa fünfzig Meter mussten sie noch gehen.
„Los, ein bisschen schneller", sagte einer der Soldaten
und schon konnte Tevje die ganzen Menschen sehen,
die auch angeblich Urlaub machen sollten!
Aber warum jammerten die Menschen alle nur?
Und viele weinten auch.
Tevje konnte das alles nicht begreifen.
Jetzt mussten diese Menschen alle in die
bereitstehenden Güterwagons klettern!
„Ein bisschen schneller", brüllte ein Wachsoldat
und schlug mit seinem Gewehrkolben auf einen alten Mann ein!
Höhnisch grinste er dabei und sagte:
„Ihr seid doch nicht zum Urlaubmachen hier!"
Jetzt begriff Tevje gar nichts mehr,
und auch er stieg in diesen Wagon,
wo draußen auf dem Wagon eine große Nummer
mit Kreide geschrieben stand.
Es war die Nr. 40, und auch so viele Menschen
waren in diesem Wagon!
Die Wagontür wurde zugeschoben, ein Riegel eingerastet.
Und was Tevje nicht sehen konnte,
auf dem Wagon wurde noch ein Wort
mit Kreide drauf geschrieben, und dieses Wort lautete Juden!
Jetzt wurden diese Wagons mit einer Lokomotive
auf verschiedene Gleise verschoben,
und so kam der Wagon von Tevje

auf Gleis zehn zum Stehen,
wo er noch eineinhalb Tage stand.
Zum Abtransport kam es nicht mehr!
Am nächsten Tag, es war der späte Nachmittag,
alle Menschen hatten fürchterlichen Durst,
auch der Hunger war schon zu spüren,
als plötzlich lautes Brummen zu hören war und alle aufschreckte.
Es waren Britische Flugzeuge,
die auf diesem Güterbahnhof ihre Bomben abwarfen!
Dabei wurde die Lokomotive so sehr beschädigt,
dass kein Abtransport mehr möglich war.
Eine andere Lok stand auch nicht mehr zur Verfügung.
So dass der Abtransport nicht mehr stattfand!
Die Wagons wurden geöffnet
und die Wachsoldaten schrien im barschen Ton.
Alle aussteigen, ihr könnt nach Hause gehen,
es gibt keinen Urlaub mehr.
Was aus diesen Menschen geworden ist,
bleibt dem Leser überlassen.
Gleis zehn war auf jeden Fall ihr Glücksgleis!

Eine Geschichte,
die sich im Zweiten Weltkrieg in der so genannten Nazi-Zeit
millionenfach zugetragen hat
von Wolfgang Fischer
Neugraben, d. 9.7.2003

Anlass: Wettberwerb bei Hinz u. Kunz, teilgenommen,
aber nicht gewonnen
(560 Teilnehmer)

Nur so ein Gedanke

Gedanken der Vergangenheit

– Kapitel 1 –

Klein Bohnche – Eine wahre Geschichte

Klein Bohnche war wirklich noch klein, als der schreckliche, grausame Krieg zu Ende war. Das war im Mai 1945. Klein Bohnche war erst sechs Jahre alt. Er lebte in Königsberg, im schönen Ostpreußen. Dort sollte er eigentlich eingeschult werden, aber Schulen gab es ja keine mehr. Dafür musste Bohnche etwas anderes lernen. Er musste lernen, wie man überlebt!
Diese schrecklichen Bombennächte – die Angst war immer noch in seinem Gesicht zu sehen –, doch das war ja jetzt vorbei. Dafür gab es jetzt eine andere Angst: Wie bekomme ich etwas zu Essen? Er hatte doch so einen großen Hunger, denn er hatte ja immer Hunger, das war ja nun mal bei ihm so. Jetzt gab es nichts zu essen, und da waren ja auch noch die Jette und der Byla. Das waren seine Geschwister, die ja auch noch Hunger hatten. Wo war denn bloß die Mutter? Sie müsste doch eigentlich etwas zu essen haben, aber das war nicht so. Die Mutter konnte kein Essen besorgen, denn es gab nichts, was man essen konnte. Aber Moment mal: War jetzt nicht gerade Frühling? Dann gab es ja doch noch etwas zu essen. Mutter hatte uns gezeigt, was man alles essen kann: Es gab Butterblumen, Brennnesseln, Mildekraut, und Sauerampfer gab es auch schon. So lernten wir zu überleben. Wir fanden mal einen Frosch, mal einen Spatz, und wenn wir ganz viel Glück hatten, fingen wir eine Katze oder einen Hund. Aber das war sehr schnell vorbei, denn es hatten ja viele Menschen Hunger. Bohnche sah eigentlich aus, als würde er genug zu essen bekommen, denn er hatte einen dicken Bauch und dicke Wangen. Jette und Byla sahen so aus, als würde nur das Körpergerüst durch die Gegend laufen. Ob Bohnche wohl heimlich etwas zu essen hatte? Aber nein, dem war nicht so. Bohnche hatte nur einen Wasserbauch und Wasser im ganzen Körper. Als es dann Sommer und Herbst wurde, da hatten die drei etwas mehr zu essen. Die Bauern hatten ja noch im Frühjahr gesät, darum konnten wir auf die Äcker gehen und Ähren sammeln und auf den leeren Kartoffeläckern noch nach Resten suchen. Doch dann kam der harte Winter 1945/46. Es wurde für die drei Kinder und die Mutter noch grausamer, denn da war nicht nur der Hunger, sondern auch die Kälte! Man musste sich um Holz kümmern,

sonst würde man auch noch erfrieren. Holz gab es nicht! Schon gar nicht Kohlen oder sonst Brennbares. Holz musste man sich aus Schrebergärten oder nicht ganz ausgebrannten Häusern besorgen. Das mussten Jette und Byla machen. Die waren schon etwas größer. Jette war acht und Byla schon neuen Jahre alt. Einmal ist Jette mit Byla in einem Schrebergarten Holz suchen gegangen. Byla hackte gerade ein Brett vom Boden los, da blieb er mit seinem Beil im Bein einer tiefgefrorenen Leiche stecken. Die beiden hatten es gar nicht gemerkt, dass unter dem Holz eine Leiche lag. Sie waren überhaupt nicht erschrocken, denn Tote hatten sie inzwischen schon genug gesehen. Die Menschen starben täglich wie die Fliegen.

Hungern und frieren ist wirklich grausam.

Es kamen immer mehr Russenfamilien nach Königsberg. Wir wurden von einer zerstörten Wohnung in die andere getrieben, denn die Russen hatten mehr Rechte. Sie hatten ja schließlich den Krieg gewonnen. Wir wohnten in Wohnungen, wo die Fenster mit Brettern zugenagelt waren. Es gab kein Licht und auch kein Wasser. Was es wirklich genug gab, waren tote Menschen, die verhungert oder erfroren waren. Warum hat sich denn der Vater nicht um die drei Kinder und die Mutter gekümmert? Das konnte er gar nicht, denn er war im Krieg in Gefangenschaft geraten. Das konnten die vier zu diesem Zeitpunkt noch nicht wissen. Sie haben schon geglaubt, er wäre tot.

Mutter war eine herzliche Frau. Sie nahm jeden auf, der schwach und gebrechlich war, und fütterte ihn durch. Selbst wenn die vier selber hungerten. Geholfen hat es trotzdem nichts. Auch sie starben weg wie die Fliegen! Mutter nähte sie dann in einen Sack ein.

Lieschen hieß die tote alte Frau, und Mutter brachte sie einen Stock tiefer unter die Treppe. Sie sollte später eingesammelt werden zum Verbrennen. Da es Winter war, war es nicht so schlimm, denn es stank nicht so. Die Leichen wurden nach vier Tagen eingesammelt, mit Benzin übergossen und verbrannt. Vorher hatten Paulchen und Paula noch etwas zu fressen. Es waren zwei Ratten, die sich an Lieschen labten. Sie hatten ja auch nichts zu fressen. Die Ratten waren so dreist, dass sie gar nicht mehr wegliefen, wenn wir Kinder die Treppe herunterkamen. Die Namen Paulchen und Paula hatten die beiden Ratten natürlich von uns Kindern bekommen. Zweimal musste unsere Mutter noch Menschen im Kohlensack einnähen: eine junge Mutter, die in der gleichen Nacht starb wie ihr vierjähriges Kind. Wir glaubten, die Mutter hat ihr Kind umgebracht. Die beiden hatten auf dem Kopf so viele Läuse, dass sich die Kopfhaut angehoben hat. Es müssen viele Millionen Läuse gewesen sein. Man nannte sie die Totenläuse. Wir hatten auch Läuse. Sie steckten tief in der Haut, obwohl an uns nicht mehr viel dran war. Die Läuse hatten trotzdem

154

noch etwas zu fressen. Dass wir überlebt haben, verdanken wir unserer Mutter.

Dadurch, dass immer mehr Russen kamen, gab es auch mehr zu essen. Wir konnten bei ihnen betteln gehen. Manchmal gab es etwas, und manchmal gab es auch Schläge. Es gab ja keine Müllabfuhr. Wir haben von den Misthaufen Essensreste sowie Kohlblätter, Kartoffelschalen und Ähnliches gesammelt. Unsere Mutter sagte immer: „Esst nichts, was ihr da findet, sondern bringt es nach Hause. Dann wird alles gekocht. Was durch Hitze und Feuer geht, da kann nichts passieren." Das war unser Glück! Wir glauben sogar, dass es ein Wunder war. Jette und Byla waren wieder einmal unterwegs, um etwas Essbares zu suchen. Und siehe da, da steht ein halber Sack Hirse – geschälte Hirse, denn bei den Russen gab es früher viel Hirsebrei. Sie haben ja selber nicht allzu viel gehabt. Und nun zu der Hirse: Der Sack war runtergekrempelt, so dass man die goldgelbe Hirse sehen konnte. Jette und Byla konnten den schweren Sack natürlich nicht tragen. Sie sind nach Hause gelaufen, haben Mutter geholt, und die hat den Sack Hirse nach Hause gebracht. Nun kommt das Wunder: Wie ist der halbe Sack Hirse dahin gekommen, warum war er aufgekrempelt, und wieso hat ihn kein anderer gesehen, als wir Mutter geholt haben? Es sind viele Menschen da vorbeigegangen, die auch Hunger hatten. Jette und Byla beteten inbrünstig: „Lieber Gott, lass uns heute etwas Essbares finden und lass uns nicht verhungern." Wir sind nicht verhungert, denn es muss ein Wunder gewesen sein. Mutter konnte dann tauschen: Hirse gegen Fett. Dann hat sie einen deftigen Hirsebrei gekocht, der Byla gar nicht gut bekam. Er hatte so viel gegessen, dass er vom Stuhl fiel.

Es war schon eine schlimme Zeit. Mutter musste natürlich arbeiten gehen. In einer Zellulosefabrik hat sie schwer arbeiten müssen. Nun könnte man denken, dadurch hätte sie viel Geld gehabt und konnte sich etwas kaufen. Aber es gab kein Geld. Sie musste zwangsarbeiten und bekam dafür fünfzig Gramm Brot täglich. Dies brachte sie auch noch für ihre Kinder nach Hause.

Dann hörten wir auf einmal von anderen Menschen, dass es ein Land gibt, das Litauen heißt, und dort würde es etwas zu essen geben. Litauen war sehr deutschfreundlich. Aber wie sollte man dahin kommen? Wir hörten von andern, es würden Züge hinfahren. Das war wirklich so. Richtung Osten fuhren tatsächlich Züge; Güterzüge mit Kohle und Eisen. Eben alles, was man aus Ostpreußen rausholen konnte. Mit diesen Zügen sind wir Kinder nach Litauen gefahren. Meistens in der Nacht auf Trittbrettern, Puffern, auf Bremserhäuschen oder auf der Ladung. Man musste immer Angst haben, dass man runtergeworfen wird, denn es liefen überall Wachposten herum. Wenn man Glück hatte, war man in Litauen, konnte betteln gehen und wieder mit einem leeren Güterzug nach Hause fahren. Einschlafen durfte man nicht, sonst wäre man ausgeraubt worden. Das war dann schon so 1947, als Byla wieder nach Litauen fuhr und nicht nach Hause kam, weil er dort etwas zu essen hatte. Bohnche ist mit Jette noch ein paarmal nach Litauen gefahren. Als Bohnche mit seinem Freund gefahren ist, ist er nie wiedergekommen. Warum sind eigentlich zur Hauptsache Kinder gefahren? Sie bekamen etwas, weil man mit Kindern eben mehr Mitleid hatte. Jette ist noch mit Mutter zusammengeblieben. Sie sind beide 1948 aus Königsberg rausgekommen. Byla ist 1951 aus Litauen wiedergekommen. Vater, Mutter und Jette waren auch wieder zusammen. Sie haben sich in Leipzig wiedergetroffen und sind dann über die „schwarze Grenze" nach Hamburg gekommen, wo Byla die drei in die Arme nehmen konnte. Bohnche haben wir nie wiedergesehen.

Die Personen
Vater war Fritz Fischer und ist 1989 mit 83 Jahren gestorben. Mutter hat sich 1954 von Vater scheiden lassen und hat 1956 Herrn Badtke geheiratet. Bohnche ist Kurt Fischer und immer noch vermisst. Jette ist Renate Niemann geb. Fischer. Byla ist Wolfgang Fischer und Verfasser dieser Geschichte. Die verwandten Namen waren die Kosenamen der Kinder.

Gedanken der Vergangenheit

– Zweites Kapitel –

Als Byla 1947 in Litauen blieb, weil der Hunger eben stärker war und er seine Familie aus den Augen verloren hatte, hatte er es auch nicht leicht. Er war aber wenigstens satt und machte sich weiter keine Gedanken, ob Bohnche, Jette und seine Mutter etwas zu essen hatten. So kam es, dass er die drei ganz vergaß.

In Litauen zog er dann bettelnd von einem Bauern zu anderen, schlief mal da in einer Scheune oder dort in einem Stall. Im Sommer schlief Byla auch draußen. Als eines Tages eine Bäuerin fragte, ob er Gänse hüten wollte, war er schon elf Jahre alt. Und das würde er ja schließlich können. Byla blieb bei dem Bauern und wurde dort auch gut behandelt. Er bekam neben dem Kuhstall einen kleinen Raum, wo er schlafen konnte. Später durfte Byla bei dem Bauern auch die Kühe hüten.

Byla wusste, dass er eigentlich Wolfgang hieß, aber Byla war eben einfacher, weil seine Mutter und seine Geschwister ihn so nannten. Als die Litauer fragten, wie er heißt, sagte er Wolfgang. Auf Litauisch hieß das Valentinas, und so kam es, dass er in Litauen immer Valentinas gerufen wurde. Der Name Byla war somit verschwunden.

Valentinas war ungefähr eineinhalb Jahre bei diesem Bauern, als etwas Schreckliches passierte. Er trieb gerade seine drei Kühe nach Hause, als er kurz vor dem Bauernhof merkte, dass dieser ganz von russischen Soldaten umstellt war. Als Valentinas das sah, ließ er seine Kühe im Stich und rannte davon. Er wusste vom Erzählen der Leute, wenn so etwas passiert, werden die Litauer nach Sibirien verschleppt. Und so war es auch, wie er später erfuhr. Der Bruder dieser Bäuerin war bei den Partisanen. Deshalb wurden sie verschleppt! Die alte Oma haben sie dagelassen, wie er später erfahren hat, und alles wurde beschlagnahmt. Valentinas blieb noch einige Zeit in dieser Gegend, natürlich wieder bettelnd und mal hier und mal da schlafend, denn man kannte ihn ja auch, den Woketuks, den Deutschen. Er sprach schon fast perfekt Litauisch, denn Deutsch konnte er fast gar nicht mehr. Da erfuhr er auch, dass die Verschleppten irgendwo in Sibirien arbeiteten. Sie hatten sich auch eine Kuh angeschafft. Das war alles, was Valentinas je erfahren hatte, denn er zog weiter, bis ihm eines Tages das Glück hold war. In der Nähe von Krukors fand er wieder einen Bauern, wo er bleiben konnte. Dort durfte Valentinas auch wieder Kühe hüten, und er lernte, jede Arbeit, die auf einem Bauernhof vorkam, zu verrichten. Das Einzige, was Valentinas nicht konnte, war Pflügen, denn das war zu schwer für ihn. Aber mit der Sense konnte er umgehen und Melken hatte er auch gelernt. Doch leicht hatte Valentinas es in Litauen auch nicht, denn er musste fast alles alleine machen. Die Bäuerin war meistens kränklich, und der Bauer selbst musste in einer Kolchose arbeiten. So lernte Valentinas sogar noch zu kochen. Schlafen durfte Valentinas im Winter über im Stall und im Sommer in der Scheune. Man wollte den Woketuks, den Deutschen, wohl nicht im Haus haben. Einmal ist es doch passiert! Das war im Winter und es war so fürchterlich kalt, dass die Bäuerin sagte, er soll doch im Haus am Ofen schlafen. In dieser Nacht war es wirklich so kalt, dass die Bäume knackten und auseinander rissen. In dieser Nacht passierte es auch, dass die Wölfe in den Stall eindrangen und sich zwei Lämmer holten. Ein Schaf haben sie totgebissen und das Mutterschaf verletzt. Die Kleinen haben die Wölfe dann hinter dem Gebäude aufgefressen. Jäger haben dann noch nach den Wölfen gesucht, aber sie waren schon verschwunden. Valentinas schlief doch im Winter immer über diesem Stall. Der Stall war von einer Seite offen, und es führte eine Leiter von außen zum Stallboden nach oben. Ob ein Wolf eine Leiter hochklettern konnte? Aber gerade in dieser Nacht durfte Valentinas ja im Haus am warmen Ofen schlafen! Wie kam es überhaupt, dass Wölfe in einen Stall eindringen konnten? Es kam daher, dass in Litauen auf dem Lande die Häuser und alle anderen Gebäude aus Holz waren. So wie in Kanada die Blockhäuser sind, und der Stall war eben morsch. Wenn Wölfe hungrig sind, sind sie zu allem fähig, und 1949 gab es noch sehr viele Wölfe. Man hat sogar gehört, dass sie Menschen angefallen haben.

Eines Tages war es so, dass bettelnde Deutsche auf den Bauernhof kamen. Valentinas kam mit diesen Leuten ins Gespräch – halb deutsch, halb litauisch – und hörte, dass es Gerüchte gab, wonach sich Deutsche melden sollten, damit sie wieder nach Deutschland zurückkönnen. Doch damit hat es noch etwas gedauert. Man hatte auch Angst, denn es gab auch andere Gerüchte, die sagten, dass man vielleicht nach Sibirien kommen könnte. Aber eines Tages sagten die Litauer selbst, es soll wahr sein, es sollen wirklich Transporte nach Deutschland gehen. Valentinas' Bauernleute sagten auch, er soll sich doch mal melden. Das tat er dann auch. Sein Bauer hat ihn mit dem Pferdewagen in eine 50 Kilometer entfernte Stadt gebracht, wo er sich melden konnte. Und so wurde im November 1950 aus Valentinas wieder Wolfgang Fischer. Denn bei den Behörden wurde er wieder der Woketuks, der Deutsche. Es würde noch zwei Monate dauern, bis es soweit war, aber er war ja jetzt registriert.

Valentinas bzw. jetzt wieder Wolfgang musste aber noch den langen Weg von 50 Kilometern wieder zum Bauern zurück. Er schaffte es in drei Tagen. Eines Tages war es soweit: Im Januar 1951 wurde er sogar mit einem Lastwagen abgeholt, wo schon andere Deutsche drauf waren. Man hatte wohl Angst, dass die Deutschen sonst nicht kommen würden. Darum hat man sie eingesammelt. Wolfgang bekam noch Brot und Speck mit für unterwegs, man hat sich verabschiedet, und dann ging es einen ganzen Tag bis nach Kaunas. Es war Winter, und die Straßen waren sehr schlecht. In Kaunas kamen alle erst einmal in ein Sammellager. Es wurden einem die Haare wegen der Läuse geschoren, und man wurde desinfiziert. Dann wurde man eingekleidet. Nach einer Woche wurden alle auf Güterwagen verladen, und es ging ab Richtung Osten. Alle bekamen es mit der Angst zu tun, denn es gab auf einmal Gerüchte, dass alle nach Sibirien kommen. Aber dem war nicht so.

Der Zug fuhr nach Wilnios, der Hauptstadt von Litauen, wo noch mehr Deutsche in Güterzügen angekoppelt wurden. Es hat noch einige Zeit gedauert, bis es losging. Erst bekamen alle noch Verpflegung, und dann ging es wirklich los, Richtung Westen.

Am nächsten Tag waren sie in Insterburg, das war eine Stadt in Ostpreußen, wo alle umgeladen wurden in richtige Personenzüge. Das nahm auch wieder einen Tag in Anspruch, wegen der vielen Menschen, die noch versorgt werden mussten. Und dann ging es wirklich nach Deutschland Ost. Dort kam man wieder in ein Lager und wurde registriert. Was weiter mit diesen Deutschen passierte? Sie werden wohl alle ihre Verwandtschaft gefunden haben, oder auch nicht.

Wolfgang kam mit vielen anderen Kindern nach Jena.

Seine Tante Ruth hatte auch erfahren, dass ein Transport aus Litauen angekommen ist. Wolfgang selber hatte überhaupt keine Ahnung, ob von seiner Verwandtschaft noch jemand lebte. Inzwischen waren über vier Jahre vergangen, seit er von zu Hause weg war. Wo sollte er auch suchen? Nach Königsberg war er ja nicht gekommen, und da gab es auch keine Deutschen mehr. Das wusste er aber nicht. So kam es, dass er von seiner Tante gesucht wurde. Sie hatte erfahren, dass ein Wolfgang Fischer im Flüchtlingstransport dabei war und in Jena in einem Kinderheim untergebracht war. Seine Tante kam dann auch eines Tages nach Jena, um zu sehen, ob es wirklich ihr Neffe war. Denn Wolfgang Fischer, der im Heim war, war ein Jahr älter, wie man ihr berichtete. Das kam so: Wolfgang ging in keine Schule, und Geburtstage hat er auch keine mehr gehabt. So kam es, dass er nicht mehr wusste, wann er geboren war.

Zum Glück hat die Tante ihn, den Byla, gleich erkannt. Als er seine Tante sah, fragte er in gebrochenem Deutsch: „Seien Sie sich meine Tante

Ruth?" Er konnte ja tatsächlich nur noch wenig Deutsch. So hat Wolfgang erfahren, dass seine Eltern noch lebten und im Westen seien. Die Tante wohnte in Leipzig, wo die Eltern ihren Wolfgang 1951 wieder in die Arme nehmen konnten.

Dann kam er nach Hamburg, wo er eine Sonderschule besuchte, um wieder Deutsch zu lernen. Innerhalb von drei Jahren hat er Schreiben, Lesen und Rechnen gelernt, denn in Königsberg war er gerade eineinhalb Jahre zur Schule gegangen. Das auch noch nicht mal täglich, wegen der Bombenangriffe. Später waren dann Flüchtlinge in seiner Schule.

Und nun ist Wolfgang Fischer alt geworden und schreibt mit seiner so kindlichen Schrift die ihm noch erhaltenen Geschichten nieder in der Hoffnung, dass es viele Menschen – zur Hauptsache Kinder – lesen werden, um zu begreifen, was Hunger und Krieg anrichten können. Und damit Menschen begreifen, dass Menschen, die Hunger haben, dahin gehen, wo es etwas zu essen gibt.

Ich selbst bin auf jeden Fall den Litauern, die mir geholfen haben, dankbar. Ebenfalls dem lieben Gott, der mich hat überleben lassen, so dass ich, Byla, alias Valentina und Wolfgang, meine Gedanken niederschreiben konnte.

Hamburg, d. 25.8. 1997
von Wolfgang Fischer

Nur so ein Gedanke bis Ende 2001

Kapitel 3

Mein Leben nach Litauen, ab Mitte 1951

Als meine Eltern mich nun nach Hamburg geholt hatten, war ich nun schon fünfzehn Jahre alt. Doch da fing für mich der Ernst des Lebens an! Ich musste erst einmal in die Schule gehen, um Lesen, Rechnen und Schreiben zu lernen.

Wobei ich das Letztere heute noch nicht richtig beherrsche, denn drei Jahre Schule waren einfach zu wenig.

Obwohl ich ein Zeugnis bekam, das aussagte, dass ich so viel gelernt hätte, als wäre ich aus der siebten Klasse entlassen worden! Mitte 1954 bekam ich nun in der BRD keine Lehrstelle, weil das Zeugnis eben nicht den Vorstellungen entsprach und weil auch Arbeitsplätze Mangelware waren.

Ich habe mich auch nicht, mit meinem Vater so gut verstanden.

Ich bin im gleichen Jahr noch in die DDR gegangen. Da habe ich sofort Arbeit bekommen! Denn da war alles einfacher.

Meine Eltern waren zwischenzeitlich geschieden.

Meine Mutter schrieb mir, ob ich zurückkommen würde.

Ich bin zu den Behörden in der DDR gegangen, habe gesagt, dass meine Eltern geschieden wären!

Ich müsste da mal nach dem Rechten schauen, damals ging das noch so einfach. Ich bekam die Genehmigung und bin dann bei meiner Mutter in Hamburg geblieben!

Im Dezember 1957 habe ich geheiratet, meine erste Liebe, wie ich meinte.

Was sich nach zehn Jahren als Irrtum rausstellte. Sie hieß Elvira und war acht Jahre älter als ich.

Ich war Ende 21, sie war mir geistig haushoch überlegen!

Weil sich nun meine schlechte Schulbildung auswirkte, bekam ich das täglich bei meiner Elvira zu spüren.

1958 habe ich dann im Hafen als Schauermann in der Stauerei bei Carl Tidemann angefangen zu arbeiten. Was ich auch meiner ersten Frau zu verdanken habe.

Weil sie immer sagte: „Fang im Hafen an, da wird viel Geld verdient!"

Ich wurde Vorarbeiter und ich wurde sogar Zweiter-Klasse-Vize, eben so eine Art kleiner Meister.

Was ich beinahe noch wurde: ein Alkoholiker. Kann sein, dass ich einer war? Denn im Hafen wurden nicht nur Schichten gekloppt, es wurde auch wirklich viel gesoffen!

Übrigens: Kennen gelernt habe ich meine Elvira auf St. Pauli auf der Reeperbahn.

Sie arbeitete da in einer Bar, die hieß damals MG Bar, da war sie als Animierdame tätig. Sie war damals noch verheiratet und ihr Mann hatte jemanden mit dem Motorrad totgefahren, er musste deswegen einsitzen.

Das soll heißen, er war im Knast!

Und so hatte sie sich eben ihr Geld verdient. Dass sie nun auch gut trinken konnte, hatte sich daraus ergeben.

Da bleib das dann später nicht aus, dass wir beide gern getrunken haben!

Übrigens: Sie hatte sich meinetwegen extra scheiden lassen.

Nur wenn sie betrunken war, da war sie wirklich nicht zu ertragen.

Was sie als Frau an Schimpfausdrücken abließ, das war wirklich schrecklich!

Und als ich dann noch 1964, nach einer Zechtour, mein Auto zu Schrott gefahren hatte, meinen Führerschein loswurde, mit zwei Komma neun Promille, da musste auch ich in den Knast für vierzehn Tage!

Nach neun Monaten bekam ich meinen Führerschein wieder.

Ich selbst hatte etwas Geld gespart und ich wusste, dass auch Elvira immer sparsam war.

Sie sparte auf eine ganz besondere Art, das Gas muss noch bezahlt werden oder das Licht und andere Sachen. Dass ich immer doppelt bezahlt habe, das habe ich nie gemerkt. Und wenn ich was getrunken hatte, habe ich eben noch mal bezahlt!

Und so kam da ein stattliches Sümmchen zusammen.

Da sie aber dieses Geld zu Hause versteckte, brauchte ich nur zu suchen!

Dieses Geld habe ich dann auch gefunden.

Als ich sie dann zur Rede stellte, wo sie das viele Geld her hat, da hat sie dann gebeichtet, wie sie das bei mir angestellt hat.

Natürlich war sie dabei sehr wütend, dass ich das Geld gefunden habe.

Gepasst hatte ihr das nicht. Wie gesagt, es war ein stattliches Sümmchen.

Ungefähr viertausend Mark, ich hatte selber dreitausend Mark, da habe ich einfach wieder ein neues Auto gekauft.

Den Rest habe ich abbezahlt.

Es war mein zweiter neuer Wagen, ein Ford Taunus!

Übrigens: Das Auto, das ich zu Schrott gefahren habe, war ein Renault Dauphine.

Er wurde nur zwei Jahre alt.

Es wurde in unserer Ehe immer unerträglicher. Das Trinken, das Misstrauen,
alles, was sich an Spannung so ergab, legte sich auf unser Gemüt.
Was das Fass zum Überlaufen brachte, war 1965, als ich sagte, ich höre in der Stauerei auf, denn ich wollte nach sieben Jahren ein normales Arbeitsleben führen! Ich hatte die Schnauze voll vom Schichten machen.
Das hatte meiner Elvira überhaupt nicht gepasst.
Denn ich sollte nach ihren Vorstellungen Erster Vize oder mehr werden.
Ich fing dann bei der HHLA an, einem Staatsbetrieb der Hansestadt Hamburg.
Denn in der Stauerei war schon jede zweite Ehe geschieden!
Wie sich später herausstellte, hatte der Einteiler mit den Frauen ein Verhältnis gehabt. Denn nur der Einteiler hatte immer gewusst, wann die Männer gearbeitet haben. Und bei den vielen Schichten, welche die Schauerleute machen mussten, kamen die Frauen zu kurz!
Vielleicht war es auch bei meiner Elvira so! Ich weiß es bis heute nicht.
Schließlich kam es auch bei uns 1967 zur Scheidung.
Aber das Ende war es noch lange nicht. Ich bin ausgezogen, wieder eingezogen!
Und so ging das noch bis Mitte 1969.
Dann war es wirklich zu Ende, dann bin ich wirklich ausgezogen.
Nachdem sie mir den Vorschlag machte, sie noch mal zu heiraten!
Ich habe dann nie wieder Kontakt zu dieser Frau gehabt.

Kapitel 4

Es beginnt ein neues Kapitel in meinem Leben!

Das bessere Leben.
Übrigens: Kinder sind aus der ersten Ehe nicht hervorgegangen!
Drei Monate war ich ungefähr allein, bis ich meine heutige Frau, kennen lernte. Es war zehn Tage vor ihrem sechzehnten Geburtstag.
Ich war inzwischen schon zweiunddreißig Jahre, also siebzehn Jahre älter!
Es war bei meinen Eltern, ich habe eine Schwester, die damals auch fünfzehn war. Meine Schwester und meine jetzige Frau waren Kolleginnen.
Sie arbeiteten in einem Edeka-Laden zusammen.
Und so ergab es sich, dass meine Angelika, so heißt meine Frau, da zu Besuch war! Wir scherzten und lachten, bis meine Angelika nach Hause ging.
Ich habe sie natürlich begleitet. Und als sie kurz vor ihrem Elternhaus war, habe ich sie einfach geküsst, frech, wie ich war. Es muss ihr wohl gefallen haben, denn sie hatte sich nicht gewehrt!
Es blieb auch erst einmal beim Küssen, denn sie war ja noch minderjährig und ich hätte es mit dem Staatsanwalt zu tun bekommen.
Ich habe gewartet und eigentlich wollte ich auch nur das eine!
Es hat aber noch einige Zeit gedauert, bis das passierte.
Ich wollte auch eigentlich nicht mehr heiraten. Doch es kam alles anders.
Wir verliebten uns ineinander. Und schon im Dezember 1969 haben wir uns verlobt. Und im Mai 1970 haben wir geheiratet.
Natürlich mussten die Eltern erst einwilligen, was keine Schwierigkeit darstellte!
Dann sind wir drei Wochen nach Jugoslawien gefahren, an die Jugoslawische Riviera. Es war unsere Hochzeitsreise. Als wir dann wieder zu Hause waren, stellte meine Frau fest, dass sie schwanger war! Was für sie und mich verwunderlich war, denn sie hatte ja immer noch ihre Regel gehabt.
Dabei war sie schon im dritten Monat schwanger!
Und im Dezember bekamen wir unseren ersten Sohn, was mich sehr stolz machte. Meine Angelika war auch sehr glücklich, weil es ein Junge war.
Eigentlich wollte sie ja ein Mädchen haben, aber als unser Ralf geboren wurde, da war sie doch selber froh, dass es ein Junge war.
Denn sie wusste, dass ich mir einen Jungen wünschte!

Dann wurde 1973 unser zweites Kind geboren, es war auch ein Junge.
Und er hieß Heiko. Wir waren eine glückliche Familie. Unsere Kinder
wurden größer, sie gingen zur Schule und beide waren in einem
Spielmannszug.
Was uns Eltern natürlich sehr stolz machte!

Doch dann beginnt die Katastrophe!

Kapitel 5

Die Katastrophe

Beide Jungs hatten eine gute Kindheit, wir haben uns mit den beiden gut verstanden. Bis, ja bis die Katastrophe begann!

Heiko, der ja noch drei Jahre jünger war, ging noch zur Schule. Und Ralf fing eine Malerlehre an. Und da ging's los, dass Ralf anfing Drogen zu nehmen. Es ist in der Berufsschule passiert, wo er das erste Mal Drogen nahm. Wir Eltern haben es drei Jahre lang nicht gemerkt! Erst als er nach drei Jahren seine Lehre nicht bestand, da haben wir es mitbekommen.

Aber von da an wurde es immer schlimmer. Er hat zwar seine Lehre ein halbes Jahr später noch abgeschlossen, aber er wurde danach entlassen!

Denn die Drogen hatten ihn schon im Griff.

Ralf fing dann noch bei einer Verleihfirma an zu arbeiten. Aber das hat nicht lange gehalten. Dann ging es mit unserem Ralf nur noch bergab.

Für uns Eltern war es der reine Wahnsinn. Wir hatten nur noch Streit mit Ralf wegen seiner Drogen! Er war schon richtig kaputt, was dazu führte, dass wir Ralf rausschmeißen mussten. Von da an lebte unser Ralf ein Jahr lang auf der Straße. Wenn dann unser Nachbar sagte, dein Sohn schläft im Keller, und sein Hund durfte auf dem Sofa liegen, was da wohl in uns vorging?

Grausam! Was wir selber auch gelitten haben. Er stand fast jeden Tag vor unserer Tür: „Ich habe Hunger, habt ihr was zu essen?

Habt ihr Tabak?" Wir haben ihn fast immer reingelassen!

Er konnte dann baden, sich umkleiden und was essen, auch Tabak hat er bekommen. Aber es war sehr gefährlich! Er war sehr aggressiv geworden.

Er hat uns bedroht, seine Mutter mit heißem Tee begossen.

Mich, seinen Vater, hat er auch getreten. Einmal ein Messer von der Wand gerissen und uns bedroht: „Ich bring euch um!" Das war schon schlimm.

Wir hatten eigentlich Verbot von der Polizei, ihn in die Wohnung zu lassen!

Später haben wir ihn auch nicht mehr reingelassen.

Aber er kam trotzdem, weil er Hunger hatte und Tabak brauchte.

Gewohnt hat er dann schon in einem Hotelzimmer in Hamburg.

Aber das war ein Saustall, es hat sich da keiner drum gekümmert! Acht Mal ist Ralf in den folgenden Jahren in der Psychiatrie gewesen. Manchmal bis zu einem Dreivierteljahr. Aber inzwischen, wo ich diese

Zeilen schreibe, ist Ralf schon fast ein Jahr In einer psychiatrisch betreuten Wohngemeinschaft.

Er wohnt da schon seit Januar 2001 und nimmt auch seitdem keine Drogen mehr. Und man kann sich wieder richtig mit ihm unterhalten!

Und was uns am meisten freut, dass er sagt, dass er eine gute Kindheit hatte.

Und das wir keine Schuld an seinem Drogenproblem gehabt hätten!

Wir haben ja auch die Schuld bei uns selbst gesucht.

Dieses mit Ralf hat sich alles in dem Zeitraum abgespielt von 1992 bis 2001.

Kapitel 6

Das Gleiche mit Heiko!

Wieder zurück in die Zeit von 1992 und zum Jahr 2002 zu gehend.
Ich selber war inzwischen Frühpensionär geworden. Das war im Oktober 1992 und das im Alter von 56 Jahren.
Was für ein Glück ich doch hatte, alles geschenkte Zeit!
Meine Angelika fing an zu arbeiten, damit wir ein bisschen mehr Geld zur Verfügung hatten.
Unser Heiko hatte inzwischen ausgelernt, er war bei der Post und wurde noch Beamter! Was mich zu dem Zeitpunkt stolz machte. Aber es kam alles anders!
Meine Angelika leidet seit ihrer Kindheit unter Migräne. Und dieser Tatbestand war der Auslöser, dass meine Angelika noch mal schwanger wurde!
Was das mit der Migräne zu tun hat? Sie hatte Tabletten gegen ihre Schmerzen genommen. Und dazu kam der Anfangsstress ihrer Arbeit. Und deswegen versagte die Antibabypille!
Und so bekamen wir noch mal statt einem Enkelkind einen kleinen Pascal.
Das war 1993, im August. Ich war ganz schön sauer!
Ich habe mit so was überhaupt nicht mehr gerechnet. Meine Angelika sagte,
dass sie das werdende Kind nicht abtreiben wird.
Gut! Nach drei Tagen hatte auch ich mich wieder gefangen. Auch ich habe mich dann gefreut!
So nun zu unserem Heiko: Unser Heiko ist dann 1994 im Januar ausgezogen, weil er eine eigene Wohnung haben wollte. Und von da an ging es auch mit unserem Heiko bergab!
Er nahm auch Drogen! Nicht so extrem, aber er wurde auch seine Arbeit los.
Und auch seine Wohnung! Und auch er lebte auf der Straße.
Auch seinen Führerschein, ist er losgeworden. Das Einziege: Er war nie aggressiv. Er hat uns auch nie angegriffen!
Er soll jetzt auch bald wieder eine richtige Wohnung bekommen. Und auch da haben wir Hoffnung, dass es bei ihm wieder bergauf geht!
Unser Pascal ist inzwischen acht Jahre, ein lieber Junge. Und wir haben Hoffnung und Angst!

Ich wünsche das, was wir bis jetzt als Eltern durchgemacht haben
mit unserem Ralf und mit unserem Heiko, keinem Elternpaar der Welt!
Diese vier Kapitel habe ich
im Laufe des Jahres 2001 geschrieben! Immer nur so, die Restgedanken.

Erst einmal Ende.

Euer Wolfgang F. Fischer

Die Begebenheiten mit unserem Ralf, als er süchtig war

Zur Abschreckung Jugendlicher, so dass es ihnen eine Warnung ist, dass sie keine Drogen nehmen sollten.

Ich, Ralf Fischer, geb. am 17.12.1970

Ich, Ralf Fischer, erlaube meinem Vater, dem Autor des Buches, die Geschehnisse in der Zeit meiner Drogensucht zu veröffentlichen. In der Hoffnung, dass andere Menschen, speziell Jugendliche, davon abgeschreckt werden, Drogen zu konsumieren!

gez. Ralf Fischer

Begebenheiten mit unserem Sohn Ralf Fischer

Nach einem Schreiben der Öffentlichen Rechtsauskunft vom 17.2.1993, nachdem wir Eltern langsam begriffen haben, dass unser Sohn Ralf drogenabhängig ist, gab es wieder einmal Streit mit unserem Sohn.

Von diesem besagten Tag an habe ich alle größeren Ereignisse aufgeschrieben!

Beginnend mit dem Vorfall am 22.3.1993:
Morgens um 7 Uhr 30 habe ich, der Vater, meinen Sohn das erste Mal polizeilich aus der Wohnung werfen lassen.
Weil er, Ralf, mich tätlich angegriffen hatte. Ins Gesicht geschlagen hatte, wobei die Lippe aufgeschlagen war.
Nachdem ich die Polizei gerufen hatte, hat Ralf mir noch kräftig in die linke Hüftseite getreten. Grund der Auseinandersetzung war, dass Ralf nicht arbeiten gehen wollte.
Nach einer Woche habe ich Ralf wieder in die Wohnung gelassen.
Die Folge war dann, dass Ralf sich Arbeit suchte, am 5. April 1993 ging er wieder arbeiten!
Aber leider blieb es nicht so.

Vorfall 2: Am 24.5.1993 hatte Ralf schon wieder seine Arbeit verloren!
Wegen seiner Drogenprobleme.
Er ist einfach nicht an seinem Arbeitsplatz erschienen. Nach einem Streitgespräch habe ich Ralf am 28.5.1993 wieder rausgeworfen!

Vorfall 3: Am 30.5.1993, das war ein Sonntag, da kam Ralf am Abend wieder nach Hause und versprach, zum Arzt zu gehen, was leider nicht passierte.

Den Kredit von Ralf mussten wir am 2.6.1993 voll übernehmen, weil wir als Eltern voll haftbar waren, denn wir hatten für Ralf gebürgt! Es waren noch 2.132,- DM,
die sich in Verbindung mit HVV-Schulden angesammelt hatten. Auch das war eine Erfahrung!

Vorfall 4: 3.6.1993.

Kurz vor Mitternacht gab es wieder Streit mit Ralf wegen seiner Drogen nach der Aufforderung nicht das Rauschgift in meiner Wohnung zu rauchen, oder er muss die Wohnung verlassen.

Was er dann in seinem Trotz auch tat.

Am 4. 6. 1993 habe ich Ralf beim Ortsamt abgemeldet.

Vorfall 5: 8.6.1993.

An diesem Tag kam Ralf nach vier Tagen wieder, ich ließ ihn nur noch in die Wohnung zum Baden und Kleiderwechseln. Dieses blieb so bis zum 20.6.1993. Am nächsten Tag kam Ralf nicht mehr!

Denn er hatte ja Geld vom Sozialamt bekommen. Eine Woche später hat er sich dann wiedergemeldet. Er hatte ja auch kein Geld mehr, es war am 8.7.1993, da haben wir Ralf angeboten, mit nach Grömitz zu kommen, auf unseren Campingplatz. Was er dann auch tat und auch drei Wochen auf diesem blieb!

Und danach ließen wir Ralf wieder bei uns in der Wohnung schlafen, da wir der Meinung waren, er hätte sich gebessert. Was sich als Trugschluss herausstellte. Am 9. 8. 1993 bekam er wieder Geld vom Sozialamt! Wir wissen nicht wie viel, aber er hatte wieder Drogen genommen.

Vorfall 6: 10.8.1993, folgender Tag.

Es gab wieder heftigen Streit, wobei er seine Mutter und mich aufs Heftigste beleidigte. Darauf haben wir Ralf wieder aus der Wohnung geworfen. Das Schlimmste war, dass er seinem kleinen Bruder die Schuld an seiner Misere gab.

Vorfall 7: Am 26.8.1993

kam Ralf erneut wieder nach Hause, er war ganz freundlich, er fragte ob er nach Grömitz mitkommen könnte. Wir nahmen ihn auch mit, sein freundliches Verhalten ging zehn Tage gut. Wir gaben ihm zu essen, ließen ihn in unserer Wohnung schlafen.

Doch am 7.9.1993 war alles wieder vorbei. Weil wir ihn auf Geld ansprachen, beschimpfte er wieder seine Mutter! Der Rausschmiss war das Ergebnis.

Vorfall 8: 10.9.1993.

Ralf kommt trotzdem jeden Tag zum Essen und dreimal die Woche zum Baden. Seine Mutter macht die Wäsche, die ganzen Monate, ohne je eine Mark erhalten zu haben!

Doch am 4.10.1993 kam Ralf und gab seiner Mutter hundert DM fürs Essen, für die ganzen Monate. Aber erst nach starker Abmahnung, dass er nicht mehr kommen dürfe!

Vorfall 9: 3.11.1993.
Ralf gab seiner Mutter wieder hundert Mark für das Essen. Für Dezember 1993 und Januar 1994 keinen Pfennig. Am 3.2.1994 gab Ralf seiner Mutter wieder hundertfünfzig Mark für Februar. Er bekommt sein Essen, Tabak und er bekommt seine Wäsche gemacht. Er kommt täglich und bleibt ca. vier Stunden!

Vorfall 10: Freitag, 4.3.1994.
Ralf hatte wahrscheinlich Entzugserscheinungen, denn er wollte gewaltsam in die Wohnung eindringen. Wir mussten die Polizei rufen, weil er so furchtbar aggressiv war. Er musste mit der Polizei mitgehen. Nach zwei Tagen, am 6. 3. 1994, kam er dann wieder. Er wollte baden und etwas essen, Geld hat er immer noch nicht abgegeben. Wie soll das nur weitergehen?
Zu Nr.10: Am 7.3.1994 kam Ralf und gab seiner Mutter 150,- DM für März.

Vorfall 11: 5.4.1994.
Wieder ist ein neuer Monat angebrochen, Ralf war heute schon sehr früh da! Um 10 Uhr 30 hatte er Geld vom Sozialamt geholt, wir sprachen ihn an, ob er nicht etwas abgeben wolle, er sagte nein! Er würde am Nachmittag noch einmal wiederkommen und dann würde man sehen. Er kam aber nicht wieder. Am selben Abend, kam noch Polizist Peters vom Polizeirevier Neugraben. Ralf solle einen Strafbefehl abholen. Wir sprachen auch noch über den Mädchenmord in Fischbek. Ralf wäre sehr verdächtig, meinte Herr Peters. Er habe sich selbst beschuldigt! Abwarten, was weiter passiert.

Vorfall 12: 8.5.1994.
Wieder Zwischenfall mit Ralf. Wir kamen um 21 Uhr 30 aus Grömitz nach Hause. Ralf stand vor unserer Tür, wir ließen ihn in die Wohnung, aber gleich mit den Worten: „Um 22 Uhr 30 ist Schluss." „Ist in Ordnung", sagte Ralf. Doch während er in der Wohnung war, wurde er immer aggressiver. Es wurde dann auch 22 Uhr 30 und seine Mutter sagte, er möchte doch jetzt gehen, weil wir ins Bett wollten. Doch Ralf wollte nicht gehen, er wurde sehr brutal. Sagte, das sei seine Wohnung, bekippte seine

Mutter mit heißem Tee und mir, seinem Vater, schlug er ins Gesicht, wobei ich mir am linken Auge eine Platzwunde und an der Stirn eine kleine, tiefe Narbe zuzog. Wir bekamen ihn aus der Wohnung nach der Androhung, die Polizei, zu rufen, wobei er noch kräftig gegen die Tür trat, mindestens viermal, wobei die Tür bald kaputtgegangen wäre! Am nächsten Tag hatte ich ein blaues Auge.

Vorfall 13: Ab hier wird Ralf das erste Mal ins AK Ochsenzoll in die Psychiatrie eingeliefert!
Am 16.12.1994, einen Tag vor seinem Geburtstag, wurde er in die Einrichtung für Drogen und Psychose in Haus 32 eingewiesen. Ralf wurde von Frau Dr. Altvater-Kremer mit der Diagnose „Akute Drogenpsychose mit Erregungszuständen" diagnostiziert! Sein behandelnder Arzt ist zu dem Zeitpunkt Dr. Böcke in Haus 32. Nach drei Monaten kam Ralf ins Haus 30 bis Anfang September 1995
Ende September wurde er auch entlassen!
Sein behandelnder Arzt in Haus 30 war zu der Zeit Dr. Schörder.
Und sein Betreuer war Herr Karallus.
Neun Monate war Ralf im AKO.

Vorfall 14: 27.9.1995
Ralf wurde im Königheim, einem Wohnheim in Altona, in der Bahrenfelder Straße 136 untergebracht, wo er auch bis Mitte Dezember blieb. Man hatte ihn rausgeworfen, weil man eine Spitzte bei ihm im Bett gefunden hatte!

Vorfall 15: 17.12.1995
Ralf ist zu einem Freund gezogen, einem gewissen Tomas Supplit, nachdem besagter Supplit Ralf dazu aufgefordert hatte, doch bei ihm zu wohnen, was auch bis zum 1.2.1996 so war. Dann hätte der besagte Herr Supplit den Ralf rausgeworfen. Warum auch immer, Ralf war dann wieder ohne Obdach. Die Anschrift von Supplit war Sonnenland 79b, 2215 Hamburg. Es ist noch anzumerken: Tomas Supplit war zu dieser Zeit auch drogenabhängig!

Vorfall 16: 4.2.1996
Ralf ist wieder im AKO eingeliefert worden. Seine Tante, meine Schwester, hatte die Situation erkannt und einen Arzt gerufen. Wo meine Familie uns doch nie geglaubt hat, dass unser Sohn gefährlich und drogenabhängig ist!
Zu diesem Zeitpunkt hielt Ralf sich gerade bei seiner Oma auf. Es ist sowieso komisch, bei seiner Oma hat Ralf sich immer vorbildlich

174

benommen. Aber an diesem Tag war er wohl so fertig, dass auch meine Familie begriffen hatte, dass unser Sohn drogenabhängig war. Der Arzt hat Ralfs ins AKO eingewiesen und seine Tante hat ihn hingebracht. Er ist sogar freiwillig mitgefahren. Er kam dann wieder ins Haus 32 in die Geschlossene, wo er auch bis zum 25.2.1996 blieb, und wurde dann nach Haus 24 Station A am 26.2.1996 verlegt.

Vorfall 17: 11.3.1996.
Ralf ist wieder auf eigenen Wunsch aus dem Krankenhaus entlassen worden, weil er gedroht hat, sich umzubringen, wenn man ihn nicht rauslässt! Ralf ist immer noch hochgradig psychotisch, redet nur wirres Zeug, und so einen Menschen, der mit Suizid droht, lässt man nach Hause gehen!

Vorfall 18: 8.5.1996, 13 Uhr.
Ralf ist wieder ins AKO eingeliefert worden mit starkem Widerstand. Er hielt sich an diesem Tag bei seinem Onkel in Neuwiedenthal auf. Er saß auf der Couch und hatte ein großes Messer oder Schwert von der Wand genommen und hatte es hinter seinem Rücken. Sein Onkel sprach ihn darauf an, was er damit will, wobei er aggressiv wurde und anfing, damit rumzufuchteln. Sein Onkel ging heimlich zum Telefon und rief die Polizei, da er wusste, dass Ralf gefährlich ist. Die Polizei kam und Ralf wurde in Handschellen abgeführt. Es gab ein großes Handgemenge, wobei Ralf verletzt wurde und aus seiner Nase blutete. Ich habe abends im AKO angerufen und habe nach Ralfs Befinden gefragt. Da sagte man mir, dass mein Sohn fixiert sei, da er die Wärter angegriffen hätte. Ihm gehe es, den Umständen entsprechend, gut!
Seit dem 10.5.1996 ist Ralf in Haus 39 A, wo er, sich auch wohl fühlt und wir ihn einmal wöchentlich besuchen!

Vorfall 19: 23. 7. 1996.
Ralf wurde entlassen!
Er wurde rausgeworfen, weil er auch im AKO Drogen genommen hatte. Man hat ihn jetzt in Harburg in einem Hotel untergebracht, eine so genannte Absteige, wo er am gleichen Tage, am 23.7.1996, noch einzog, um 18 Uhr 30 war er in diesem besagten Raum. Das war in der Ludwig-Erhard-Straße Nr. 4 am Rathausplatz in Harburg, wo er auch bis zum 20.7.1997, also ein ganzes Jahr, lebte. Er kam natürlich zum Essen und Wäschewaschen, aber er lebte wenigstens nicht auf der Straße!

Danach bekam er eine Wohnung in der Georg-Wilhelm-Str. 23 in Wilhelmsburg.

Vorfall 20: Heute, am 20.8.1997, ist Ralf wieder ausgerastet. Gut ein Jahr ist es her, dass Ralf einigermaßen handlungsfähig war. Um 14 Uhr 30 kam Ralf, um seine Wäsche zu holen, Oma und Opa Horst waren auch da. Aus heiterem Himmel, so gegen 17 Uhr 15, rastet Ralf dann aus. Er machte in der Küche so eine Art Judo- oder Karate-Übungen. Ich fragte: „Was machst du Judo?", oder so, wobei er sofort ausflippte und derart wütend wurde, dass seine Mutter ihn dann aufforderte zu gehen. Er griff seine Mutter an, wobei er sie mit der flachen Hand an die Stirn schubste und ihre Brille dabei runterfiel. Da ich auf ihn zuging und fragte, was das soll, griff er zum Messer, das bei mir an der Wand hing. Es eskalierte weiter, wobei ich die Polizei rufen konnte, von der Ralf dann überwältigt wurde und es wurden ihm Handschellen angelegt. Die Polizei hat dann den Vorfall aufgenommen, wobei ich ausgesagt habe, dass Ralf drogensüchtig sei und er wohl eine Psychose hätte.
Ich sagte, man möge Ralf doch ins AKO einweisen. Am nächsten Tag ging ich dann zur Polizeiwache in Neugraben, um zu erfahren, was aus Ralf geworden ist. Dort musste ich erfahren, dass Ralf ins UG gekommen sei.
Er hatte ein Verfahren am Hals wegen Schwarzfahrerei. Da musste er drei Monate ins Gefängnis!
Meine Meinung zu diesem Fall: Die Polizei hatte einfach nur einen Fandungserfolg! Ralf wurde nach drei Monaten entlassen und kam wieder in seine Wohnung zurück. Und war wieder auf sich alleine gestellt. Er hatte zwar einen Betreuer bekommen, aber der hat sich nicht recht um Ralf gekümmert. Wobei die nächste Katastrophe begann!

Vorfall 21: Nun ist es mal wieder soweit!
Ralf hatte in seiner Wohnung eine Anhörung mit Betreuer und Amtsarzt, ob er wieder eingewiesen werden soll, wobei diese Herren dies nicht für nötig befanden. Tags darauf ist es dann zur Katastrophe gekommen. Ralf hat nun seine ganze Wohnung zertrümmert. Weil Nachbarn die Polizei gerufen haben, ist Ralf dann endlich in Harburg in die geschlossene Psychiatrieklinik eingewiesen worden! Ich hatte lange genug gedrängt, dass Ralf endlich wieder eingewiesen wird. Aber sein Betreuer hat ja nicht auf mich gehört!
Am 11.3.1998 waren wir, die Eltern, in Ralfs Wohnung, da haben wir beinahe einen Schock erlitten, das war Wahnsinn, die ganze Wohnung war zertrümmert, es war nichts mehr heil! Es musste alles auf den Sperrmüll. Und die Wohnung musste neu renoviert werden.

Am 17.3.1998 haben wir Ralf im Krankenhaus besucht. Er war immer noch sehr verwirrt! Er redete davon, dass kleine Kinder über einen Zaun geklettert wären und die hätten seine Wohnung zerstört. Sein kleiner Bruder wäre auch dabei gewesen. Man kann nicht nachvollziehen, was Ralf da redet! Ralf wurde am 23.6.1998 wieder entlassen, aber seine Wohnung war immer noch nicht renoviert. Lange hat seine Freiheit nicht gedauert!

Vorfall 22: Es ist der 18.2.2000.
Ralf wird an diesem Tag abends in seiner Wohnung zusammengeschlagen! Ich denke mal, es handelt sich um Drogenschulden, Ralf sagt, er weiß nicht, warum er überfallen wurde. Der Täter hat Ralf eine Eisenstange auf den Kopf geschlagen. Und er hatte eine zehn Zentimeter lange Narbe, die genäht werden musste. Und der rechte Arm war durch seine Abwehr gebrochen. Er kam ins Krankenhaus Groß Sand in Wilhelmsburg. Er wurde am 23.2.2000 wieder entlassen!
Am 24.2.2000 schläft sein Bruder Heiko bei Ralf im Wohnzimmer.
In der Nacht zum 25.2.2000, am frühen Morgen, rastet Ralf auf einmal wieder aus. Er stand dann mit einem verrosteten Beil vor ihm und pöbelt mit Heiko, dass er der Hausmeister sei, und er hat ihn auch geschlagen! Heiko konnte aber noch irgendwie die Wohnung verlassen und die Polizei und einen Arzt rufen. Daraufhin kam Ralf wieder am selben Tag in die Psychiatrie nach Harburg.
Am 8.3.2000 musste Ralfs Arm noch mal operiert werden, denn er war nicht richtig zusammengewachsen, das wurde auch im AK Harburg gemacht.
Am 11.3.2000 ging Ralf wieder in die Psychiatrie zurück und wurde am 29.6.2000 wieder entlassen!

Vorfall 24: Freitag, der 1.9.2000. Ralf ist erneut in die Psychiatrie eingeliefert worden! Angeblich ist er freiwillig rein, weil er Angstzustände hatte. Wo er bis zum 15. Januar 2001 blieb! Und seit dem 16. Januar lebt Ralf in Großhansdorf im Haus Rümeland! Bis zum heutigen Tage im Jahr 2004 noch drogenfrei. Wahrheitsgemäß aufgeschrieben, da ich aus polizeilichen Gründen das musste!

Hamburg
Aufzeichnungen aus den Jahren 1993-2001
von Wolfgang Fischer

Nachtrag

Inzwischen, wo ich dieses Buch veröffentliche, im Jahr 2004 lebt Ralf
Fischer immer noch in einer betreuten Wohngemeinschaft.
Er geht aber in seinem Beruf arbeiten!
Er wird da wohl noch länger bleiben müssen.

Heiko hat inzwischen eine Wohnung, seit Ende 2002.
Aber leider keine Arbeit!
Wie sieben Millionen Menschen in Deutschland.

Unser Pascal wird im August 11 Jahre und ist fleißig in der Schule.

Meine Frau und ich sind immer noch verheiratet, schon 34 Jahre.
Meine Frau geht arbeiten!

Und ich schreibe Gedichte.

Wolfgang Fischer
Hamburg, 15. 4. 2004

Weihnachten

Kaum zu glauben, aber es ist wahr,
zu Ende ist nun bald ein Jahr.
Die Weihnachtszeit hat jetzt begonnen,
wie schnell ist doch das Jahr verronnen.
Jetzt ist die Zeit der Kinder gekommen!
Mit ihrem fröhlichen Gesicht
machen sie noch heller das Kerzenlicht.
Mit glänzenden Augen fragt der kleine Mann:
„Papa, wann kommt der Weihnachtsmann?"
Auch Töchterchen fragt ihre Madame:
„Wann stecken wir die Kerzen an?"
Auch Oma kann es kaum erwarten
und freut sich auf den Gänsebraten.
Wir alle, ob wir es wollen oder nicht,
freuen uns auf das helle Licht,
das da glänzt zur Weihnachtszeit
und uns macht die Herzen weit.
Wie schnell ist doch das Jahr verronnen,
jetzt hat die Weihnachtszeit begonnen.
Kindergesichter schauen uns fröhlich an
und warten auf den Weihnachtsmann.

Hamburg, d. 18.11.1997
von Wolfgang Fischer

Weihnachten

Weihnachten, was für ein Segen,
hoffentlich gibt es keinen Regen.
Hoffentlich wird es schön kalt,
und es schneit im Winterwald.
So eine weiße Winterpracht
passt doch besser zu einer heiligen Nacht.
Kommt dann auch noch der Weihnachtsmann,
stecken wir die Kerzen an!
Wir sitzen dann am gedeckten Tisch
und essen den blauen, großen Fisch.
Wir stoßen an mit einem Gläschen Wein,
und draußen fängt es an zu schnei'n.
Der Sohn packt schon den Schlitten aus,
denn morgen geht es zum Rodeln raus.
Wir herrlich ist die Weihnachtszeit,
denn draußen hat es schon geschneit.

Hamburg, d. 18.11.1998
von Wolfgang Fischer

Weihnachten

Weihnachten, was für eine schöne Zeit.
Wo Kinder laufend fragen, wann ist es so weit.
Sie liegen ständig auf der Lauer,
wollen alles wissen.
Weiß man keine Antwort, dann sind sie sauer.
Mama, Mama, wo wohnt der Weihnachtsmann?
Sie fragen doch mit vielen Worten,
wohnt er vielleicht in Himmelpforten?
Aber schauen wir nur ganz ehrlich unsere Kinder an,
dann freuen wir uns doch auch auf den Weihnachtsmann.
Die Kinder kann man kaum am Tisch noch halten,
die wollen jetzt mit ihren Geschenken spielen,
aber nicht mit den alten.
Sie finden Oma und Opa heute ganz besonders nett.
Und sie wollen heute überhaupt nicht mehr ins Bett!
Aber die Mami hat es doch noch vollbracht
und hat die Kleinen ins Bett gebracht.
Der Papa bringt die Oma und den Opa nach Hause,
die Mama hat jetzt endlich eine Pause!
Aber ganz ehrlich, die Mama hat es auch verdient.
Denn sie hat uns den ganzen Abend bedient.
Der Papa holt nun eine gute Sorte Wein aus dem Schrank,
nimmt die Mama in den Arm
und sagt ihr besonderen Dank.

Hamburg, den 27.11.1998
Ein Weihnachtsgedicht
von Wolfgang F. Fischer

Weihnachtszeit

Anno 1999

Weihnachtstage, die wunderschönen,
wo wir unsere Kinder und Enkel verwöhnen.

Wo Eltern und Kinder noch fröhlich sind.
Selbst Oma und Opa sich freuen wie ein Kind!

Es ist uns dann so wohl am Herzen.
Und wir freuen uns auf die leuchtenden Kerzen.

Ein Jahr lang haben wir darauf gewartet.
Sind dann ganz schnell durchgestartet.

Den Baum gehackt
und die Geschenke gepackt!

Bis dann war der Tag gekommen,
als wir haben unsere Geschenke bekommen.

Die Kinderaugen haben geleuchtet.
Und die Augen der Eltern waren befeuchtet.

Mit Tränen der Freude um die schöne Zeit.
Ach, wäre es doch bald wieder Weihnachtszeit!

Wo Oma und Opa ganz happy sind.
Wo sie sich freuen können wie ein kleines Kind!

Hamburg, den zweiten Advent 1999
Ein Weihnachtsgedicht
von Wolfgang F. Fischer

Weihnachtsfreuden

eines kleinen Jungen

Es war mal wieder soweit, Weihnachten stand vor der Tür!
Pummel fing seine Mutter an zu nerven.
„Mama, Mama, wann ist eigentlich wieder Weihnachten?"
Pummel wünschte sich doch so sehr ein Schaukelpferd.
Eigentlich hieß Pummel gar nicht Pummel, sondern Heino!
Aber weil Heino als kleines Kind so pummelig war,
nannte man ihn Pummel.
Und so hatte er seinen Kosenamen weg.
Übrigens war Pummel erst fünf Jahre alt,
da wünscht man sich noch ein Schaukelpferd!
„Aber Pummel! Es sind doch noch drei Wochen,
bis der Weihnachtsmann kommt", sagte seine Mutter!
„Und überhaupt, hast du denn schon ein Weihnachtsgedicht gelernt?"
„Ja, Mama, ich kann ein Gedicht."
„Dann sag das Gedicht doch mal auf, Pummel."
„Ja, Mama! Lieber, guter Weihnachtsmann,
komm nicht so spät bei uns am Abend an."
„Aber Pummel! Das ist doch kein richtiges Gedicht.
Da bringt dir der Weihnachtsmann bestimmt kein Schaukelpferd."
„Aber Mama! Papa hat gesagt, das ist ein schönes Gedicht!"
„Dieser Papa! Hat er dir das Gedicht beigebracht?"
„Ja, Mama, Papa hat gesagt, das wird der Weihnachtsmann mögen."
Und sein Papa kommt gerade in die Tür rein,
denn er kommt gerade von der Arbeit.
„Hallo Papi! Mami hat gesagt, mein Weihnachtsgedicht ist nicht schön."
„Aber Pummel, du sollst doch den Papa nicht nerven.
Las ihn sich doch erst einmal ausziehen."
„Ja, Mama, aber Papi ..."
„Nun ist aber gut, Pummel", sagte seine Mutter.
Und beim Abendessen ging die Diskussion bei den dreien weiter.
„Aber Hermann! Wie kannst du nur dem Kleinen
so ein Gedicht beibringen?
Da wird ihm der Weihnachtsmann ja überhaupt kein Geschenk bringen.
Pummel, wir werden dir zusammen,
ein richtiges Gedicht beibringen!"

Aber das wurde in den drei Wochen völlig vergessen.
Und es kam der Heilige Abend und Pummel hatte immer
noch keinneues Gedicht gelernt.
Als dann der Weihnachtsmann wirklich kam,
sagte Pummel ganz einfach, sein gelerntes Gedicht von Papa auf!
Etwas abgewandelt, aber es musste eben so gehen.
„Lieber, guter Weihnachtsmann, nun kommst du ja doch noch
bei uns an." Und er wurde dafür auch noch belohnt! Denn der
Weihnachtsmann holte aus einem großen Sack sein sich
so sehr gewünschtes Schaukelpferd.
„Siehst du, Mama, siehst du!", sagte Pummel vor lauter Freude.
„Dem Weihnachtsmann hat mein Gedicht gefallen!"
Mama und Papa schauten sich beide grinsend an.
Und sie waren beide glücklich, dass Pummel sich so freute!

Hamburg, d. 16.10.1999
Eine kleine Weihnachtsgeschichte
von Wolfgang F. Fischer

Der Weihnachtsmuffel

Weihnachten im Jahre 1999
Eine Geschichte nach eigenen Erlebnissen

Weinachten, eine besondere Zeit?
Das Warten auf den Heiligen Abend.
Ich selbst war eigentlich ein Weihnachtsmuffel,
und doch, da war etwas, was in einem Menschen Freude macht!
Dieses hing aber alles mit meinem sechsjährigen Sohn zusammen,
der als Nachzögling nach zwanzig Jahren noch geboren war.
Es gab da ja noch zwei große Brüder,
der eine neunundzwanzig und der andere sechsundzwanzig.
Natürlich sind es Pascals richtige Brüder!
Aber war es das, dass ich als Vater in den zwanzig Jahren
Zwischenraum Weihnachten so belanglos fand?
Und doch gerade jetzt, wo mein Sohn Pascal zweifelt
zwischen Sein oder Nichtsein des Weihnachtsmannes,
ist es auch für mich eine schöne Zeit des
Wartens auf den Heiligen Abend!
Es war zwei Wochen vor Weihnachten,
als mein Sohn mit seiner Mami
den Wunschzettel für den Weihnachtsmann schrieb.
Er legte diesen dann auf das Fensterbrett in der Küche,
wobei das Fenster offen stehen musste,
denn die Weihnachtsengel sollten den Zettel ja auch finden.
Spät am Abend, bevor Pascal ins Bett ging,
war der Zettel verschwunden!
Und mein Sohn war so glücklich,
dass der Zettel verschwunden war.
Das war auch für mich als Weihnachtsmuffel wieder schön.
Und dann gab es auch in der Zeit des Wartens
auf den Weihnachtsmann,
dass Pascal ungezogen war und wir ihm drohten,
dass der Weihnachtsmann ihm nichts bringen würde,
wenn er nicht artig wäre.
Wo unser Pascal mit einem ernsten Gesicht sagte:
„Es gibt gar keinen Weihnachtsmann!"
Doch das war nach einer Stunde schon wieder vergessen.

Aber am schönsten war der Tag vor Heiligabend,
als der Tannenbaum geschmückt wurde.
Da war unser Pascal vor lauter Aufregung aus dem Häuschen.
Er half der Mami natürlich beim Tannenbaumschmücken!
Und ins Bett wollte er natürlich auch nicht.
Aber mit viel Mühe und Zureden ging er dann doch ins Bett.
Und am nächsten Morgen stand er Punkt sieben Uhr vor unserem Bett
und fragte: „Ist denn heute endlich Weihnachten?"
Und ob die Geschenke schon unter dem Tannenbaum liegen würden.
Wir mussten ihm erst einmal beibringen,
dass der Weihnachtsmann die Geschenke erst am Abend bringt!
Es sind noch fünf Stunden bis Heiligabend.
Und unser Sohn ist aufgeregt wie nie zuvor.
Sogar ich, der Weihnachtsmuffel, freue mich.
Aber kleine Kinder stecken wohl an!
Und so mag es jedem Opa oder jeder Oma ergehen,
die noch kleine Enkelkinder haben.
Oder auch so manchen Eltern, die noch einen Nachzögling haben!

Um achtzehn Uhr ist Bescherung! Bei euch auch?

Der Weihnachtsmuffel Wolfgang F. Fischer
Hamburg, d. 24. 12. 1999,
Schreibbeginn 11 Uhr, Ende 13 Uhr

Mein Püppchen

Eine besinnliche Geschichte, um die Weihnachtszeit

Es war mal wieder soweit, es war vier Wochen vor Weihnachten!
Birgit, ein kleines, süßes fünfjähriges Mädchen,
vermisste schon wieder mal ihr Püppchen.
Und das komischerweise kurz vor Weihnachten.
Denn, so kann sich die kleine Birgit noch erinnern,
letztes Jahr war ihr Püppchen auch verschwunden!
Aber letztes Jahr war das doch was anderes,
Ihr Püppchen hatte ein Bein verloren.
Und ihre Mami sagte:
„Du Birgit, dein Püppchen muss in die Puppenklinik.
Damit man ihr ein neues Bein annäht!"
Birgit wollte sich natürlich nicht von ihrem geliebten Püppchen trennen.
Denn sie hatte ihr Püppchen auch mit einem Bein lieb!
Und übrigens war ihr Püppchen von ihrer Lieblingsomi.
Aber es half nichts, eines Morgens,
als Birgit aufwache, war ihr Püppchen verschwunden!
Und Tränen kullerten über ihr Gesicht.
Doch vier Wochen später,
als sie ihr Püppchen schon vergessen hatte,
da lag ihr Püppchen unter dem Weihnachtsbaum.
Und Birgit war so glücklich, dass ihr Püppchen wieder zu Hause war.
Und ein neues Bein hatte es auch noch!
Und Mami sagte noch:
„Man hat dein Püppchen wieder aus dem Krankenhaus entlassen."
Aber dieses Jahr, warum war ihr Püppchen schon wieder verschwunden?
Es war doch nicht krank, es fehlte ihm nichts.
Na ja, nur ein Auge hatte sie vor zwei Monaten verloren.
Aber deswegen war ihr Püppchen doch gesund!
Dass ihr Püppchen aber schon wieder zur gleichen Zeit
verschwunden war wie letztes Jahr,
das hat Birgit natürlich nicht begriffen.
Nur dass ihr Püppchen auf einmal nicht mehr da war,
machte sie so traurig und sie weinte bitterlich!
Ihre Mama fing beinahe selber an zu weinen.
So Leid tat ihr ihre kleine Birgit.

Nach einigen Tagen hatte Birgit ihr Püppchen vergessen!
Sie fragte zwar ab und zu, wo ihr Püppchen wohl sein könnte!
Aber ihre Mama sagte dann, sie wüsste nicht,
wo ihr Püppchen geblieben ist.
Und wieder waren vier Wochen vergangen,
was Birgit zwar überhaupt nicht merkte.
Denn es gab ja in der Weihnachtszeit noch
so viele andere Sachen zu bewundern. Wie eigenartig!
Und genau wieder zu Weihnachten lag ihr
Püppchen wieder unter dem Weihnachtsbaum.
Überglücklich nahm Birgit ihr Püppchen in ihre Arme.
Und weinte vor Freude!
„Mama, Mama, kuck mal, Püppchen ist wieder da,
und ein neues Auge hat sie auch. Und sogar neue Kleider."
Ihre anderen Geschenke hatte Birgit kaum beachtet.
War das ein schönes Fest für die ganze Familie,
weil sich alle mit Birgit so freuten!
Das war auch das letzte Mal, dass ihr Püppchen verschwunden war.
Denn Birgit sagte an diesem wunderschönen Weihnachten:
„Mama, Papa, ich werde ab jetzt immer
auf mein Püppchen besser aufpassen,
damit mein Püppchen nicht verschwindet!"
Und Birgit passe wirklich gut auf.
Und Püppchen war nie wieder verschwunden.
Nein, im Gegenteil, Birgit ist heute ein großes Mädchen.
Und sie hat ihr Püppchen immer noch!
Obwohl ihre Mama manchmal sagt:
„Schmeiß doch bloß die alte Puppe weg."
Aber nein, das wird nicht passieren,
so gut passt Birgit auf ihre Puppe auf,
die immer auf ihrem Kopfkissen liegt.
Denn Birgit hat genug um ihr
Püppchen von ihrer Lieblingsomi gelitten!

Von Wolfgang F. Fischer
Hamburg, d. 13.11.2000

Geschwisterstreit zur Weihnachtszeit

Zwei Geschwister, die waren sehr zerstritten!
Grete sagte zu ihrem jüngeren Bruder, er wäre gar nicht geboren.
Sondern ein Esel hätte ihn im Galopp verloren.

Mama hätte ihr das verraten,
sie hat sogar gesagt, er wäre ein Satansbraten!
„Wo soll denn das gewesen sein?", fragte der Bruder sein Schwesterlein.

„Mama sagte, das war in Wesel."
Da aber widersprach der Bruder:
„Da gibt es doch keine Esel."

„Aber doch", sagte das Schwesterlein,
„im Zoo, und einer davon soll es gewesen
sein!"
Diese Pein konnte der kleine Bruder nicht ertragen
und wollte seine Schwester schlagen.

Dieses ließ Gretel sich nicht gefallen
und sagte: „Ich werde dir gleich eine
knallen!"
Es war schon komisch, dieser Streit
passierte zwischen den beiden meistens zur Weihnachtszeit.

Das konnte auch die Mutter nicht überhören!
Sie ging zu den Kindern, um den Streit zu schlichten,
denn das gehört auch
zu der Mutters Pflichten!

„So ihr Kinder, ihr sollt euch doch vertragen
und nicht mit eurem Streit
die Mutter plagen.

Ich backe doch Kekse für die Weihnachtszeit,
mich um euch zu kümmern,
habe ich doch keine Zeit!"

„Aber Mama! Du hast doch auch immer gesagt,
Bruno wäre gar nicht geboren,
den hat ein Esel im Galopp verloren!"

Da musste die Mutter fürchterlich lachen:
„Aber Grete, das sind doch keine waren Sachen.
Das ist immer nur Spaß gewesen,
auch Hexen reiten nicht auf einen Besen.

Gretel! Das hab ich mir doch nur ausgedacht.
Denn immer, wenn du geweint hast, habe ich das gemacht,
damit du lustig bist und wieder lachst.

So ihr beiden, gebt euch die Hand
und vertragt euch, denn der Weihnachtsmann
zieht schon durchs Land!
Ihr wisst doch, er hat auch eine Rute in seiner Hand."

„Bruno, wollen wir uns jetzt vertragen?
Ich werde auch nie wieder so etwas sagen!"

Weihnachten war nun auch gekommen
und beide hatten viele Geschenke bekommen!
Als Weihnachten wieder war vorbei,
da hört doch die Mutter wieder Geschrei!

Aber das ist nun mal im Leben so,
bei den anderen Geschwistern ist es ebenso.

Fröhliche Weihnachten für alle Zeit!
Wenn ihr groß seid, gibt es noch mehr Streit.

Neugraben, d. 24.11.2003 von W.F. Fischer

Vorweihnachtliche Gedanken

In Reimen zusammengefasst

Meine Gedanken, die kreisen im Kopf wie wild umher.
Sie fragen sich:
Wo kommen die vielen fremden Menschen nur her?

Die alle hier in Deutschland leben.
Und es stellt sich die Frage?
Was würde sein, würde es sie in Deutschland nicht geben!

Es wäre trostlos mit uns bestellt.
Auch wenn manche schreien: „Was wollen die hier?
Die kosten doch nur Geld!"

Fangen wir doch nur mit dem Essen an.
Da denkt sofort jeder an den Chinamann!

Und denken wir auch nur an den Griechischen Wein.
Wer kehrte noch nicht beim Griechen ein?

Döner und Kebab, das ist doch klar, das kennt doch jeder,
der schon einmal beim Türken war!

Wir wollen auch nicht den Italiener vergessen.
Den kennt man doch auch vom Pizza-Essen.

Alle Menschen, das ist egal, von welcher Rasse,
dass sie in Deutschland sind, das ist doch klasse!

Und weil gerade jetzt zur Weihnachtszeit
meine Gedanken so schwanken,
möchte ich mich bei allen Ausländern bedanken!

Dass diese Menschen für Deutschland eine Bereicherung sind,
wer das nicht merkt, ist wirklich blind!

Drum lasst uns alle gemeinsam glücklich sein!
Weil wir alle nur Menschen sind, und nur das zählt ganz allein!

Frohe Weihnachten wünsche ich den Menschen auf der ganzen Welt.
Und hoffe, dass euch mein Gedicht gefällt!

Neugraben, d. 6.12.2002
Ein weihnachtliches Gedicht
von Wolfgang F. Fischer

Weihnachten

Was ist das?

Das ist das Fest der Liebe.

Das sind die Tage, wo wir unseren Eltern

besonders danken für die Liebe,

die sie uns in all den Jahren gegeben haben!

Weil sie all die Jahre, bei Krankheit oder

ob wir traurig waren, immer für uns da waren

und Täglich mit ihrer Liebe für uns da sein werden!

24.12.2000

Danke, liebe Eltern.